KiWi 537

Über das Buch

»Hallo Leute. Ich heiße Benjamin Lebert, bin sechzehn Jahre alt, und ich bin ein Krüppel. Nur damit ihr es wißt. Ich dachte, es wäre von beiderseitigem Interesse.« Mit diesen Worten stellt sich Benjamin an seinem ersten Schultag im Internat Schloß Neuseelen seinen Mitschülern vor. Für ihn ist es bereits die fünfte Schule, hier soll er endlich die achte Klasse und möglichst auch das Abitur bestehen. Die wesentlichen Lektionen aber finden nach dem Unterricht statt: Zusammen mit seinen fünf Freunden ist Benjamin auf der Suche nach dem »Faden des Lebens«. Bei allen Unternehmungen – bei nächtlichen Besuchen auf dem Mädchengang genauso wie bei heimlichen Ausflügen ins Dorf – beschäftigt sie fortwährend die Frage, worum es in dieser ganzen Veranstaltung namens Leben eigentlich geht: um Mädchen und um Freundschaft, ums Erwachsenwerden oder vielleicht auch einfach nur darum, immer weiterzumachen, wie verrückt die Welt und wie »crazy« man selbst auch sein mag.

In seinem autobiographischen Roman »Crazy« erzählt der sechzehnjährige Benjamin Lebert mit erstaunlicher Wärme, großem Witz und einer guten Portion Selbstironie von der Schwierigkeit des Erwachsenwerdens.

Der Autor

Benjamin Lebert, geboren am 9. Januar 1982 in Freiburg im Brsg., lebt seit 1990 in München. Kein Abschluß, kein Studium. Dafür Sitzengeblieben. Auch anstrengend. Geht in die 9. Klasse. Schreibt gelegentlich Texte für »Jetzt«, das Jugendmagazin der Süddeutschen Zeitung. Hat manchmal Heim-, manchmal Fernweh. »Crazy« ist sein erster Roman.

Benjamin Lebert

CRAZY

Roman

Kiepenheuer & Witsch

Originalausgabe

1. Auflage 1999

Lektorat: Kerstin Gleba
Umschlaggestaltung: Philipp Starke, Hamburg
Umschlagfoto oben: Tony Stone Bilderwelten
Umschlagfoto unten: Photonica / Masaaki Toyoura
Satz: Greiner & Reichel, Köln
Druck und Bindearbeiten: Clausen & Bosse, Leck
ISBN 3-462-02818-9

»Wir sind alle potentielle Romanfiguren – mit dem Unterschied, daß sich Romanfiguren wirklich ausleben.«

Georges Simenon

Bruno Schnee und Norbert Lebert gewidmet

1

Hier soll ich also bleiben. Wenn möglich bis zum Abitur. Das ist der Vorsatz. Ich stehe auf dem Parkplatz des Internats Schloß Neuseelen und schaue mich um. Meine Eltern stehen neben mir. Sie haben mich hierhergebracht. Vier Schulen habe ich nun hinter mir. Und diese hier soll meine fünfte werden. Diese fünfte soll es dann endlich schaffen, aus meinem verfluchten Mathematik-Sechser einen Fünfer zu machen. Ich freue mich schon darauf.

Schon im voraus haben sie Briefe und Ermutigungen geschickt. Allesamt nach dem Motto: *Lieber Benjamin, komm nur zu uns, da wird es schon besser. Viele vor dir haben es auch geschafft.*

Natürlich haben sie das. Es sind immer genug Schüler da, als daß es nicht der ein oder andere doch schaffen würde. Das kenne ich schon. Bei mir ist es ein bißchen anders. Ich bin sechzehn Jahre alt und wiederhole gerade die achte Klasse. Und so wie es aussieht, schaffe ich es schon wieder nicht. Meine Eltern sind beide angesehene Leute. Heilpraktikerin und Diplomingenieur. Die können es sich nicht leisten, eine Feier zum qualifizierten Hauptschulabschluß zu geben. Das muß mehr sein. Nun gut. Deswegen bin ich also hier. Mitten im Schuljahr. Vor den Toren eines Internats. Meine Mutter reicht mir einen Brief. Ich soll ihn später dem Internatsleiter geben. Zur genaueren Erklärung meiner Person. Ich nehme einen Koffer und warte auf meinen Vater. Er steht noch hinten beim Auto und sucht irgendwas. Ich glaube, ich werde ihn vermissen. Natürlich haben wir uns auch oft gestritten. Aber nach einem anstrengenden Schultag war er stets der erste, der mich mit einem Lächeln empfing. Wir gehen hoch ins Sekretariat. Von innen ist das Internat fast noch unfreundlicher als von außen. Unendlich viel Holz. Unendlich alt. Unendlich Rokoko oder so. In Kunstgeschichte bin ich ebenso schwach wie in Mathematik. Meine Eltern mögen das Gebäude. Sie sagen, der Klang der Schritte auf dem Holzbelag sei schön.

Was weiß ich schon davon. Im Sekretariat erwartet uns eine dicke Frau. Sie heißt Angelika Lerch. Pausbacken und mächtig steht sie vor mir. Ich fürchte mich. Sie schenkt mir ein paar Aufkleber vom Internat. Überall ist ein Adler abgebildet, der lacht und einen Schulranzen trägt. Darunter steht in kursiv gedruckter Schrift: *Internat Neuseelen – der Beginn einer neuen Schulära.*

Ich werde sie meinen Eltern schenken. Sollen sie sie in die Küche pappen oder … ach, weiß Gott wohin. Angelika Lerch reicht mir die Hand und heißt mich im Schloß willkommen. Sie sei selbst schon dreißig Jahre hier und habe sich noch nie beklagt. Ich beschließe, darauf nicht zu antworten. Neben meinen Eltern nehme ich auf einem rotbraunen Canapé Platz und schmiege mich ungewöhnlich nah an sie heran. So etwas habe ich schon lange nicht mehr gemacht. Doch es tut gut, sie sind warm, und ich fühle mich beschützt. Ich nehme die Hand meiner Mutter. Der Internatsleiter sei gleich persönlich hier, um mich in Empfang zu nehmen, sagt Frau Lerch. Sie kneift sich dabei die Nasenflügel zu. Nun ist es also nicht mehr zu ändern. Nun sitze ich hier und werde bald abgeholt. In meinem Verdruß schaue ich auf den Boden.

Doch ich sehe den Boden nicht. Ich sehe … ach, ist ja eigentlich auch egal. Knapp fünf Minuten sitze ich hier. Dann kommt der Internatsleiter. Jörg Richter ist ein junger Mensch, um die Dreißig schätze ich ihn, vielleicht auch ein bißchen älter. Ungefähr 1,85 m groß. Sein schwarzes Haar ist in der Mitte gescheitelt, sein Gesicht sieht freundlich aus. Er kommt herein und läßt sich auf den nächstbesten Stuhl fallen. Dann, als hätte er es vergessen, springt er wieder auf, um uns zu begrüßen. Seine Hand ist feucht. Er bittet uns, mit in sein Büro zu kommen. Es ist nicht weit vom Sekretariat entfernt. Unterwegs achte ich auf den Klang des Holzbelags. Ich finde ihn nicht schön. Aber wen interessiert das.

Kaum in seinem Büro angekommen, schenkt mir Herr Richter ein paar Aufkleber vom Internat. Sie sind moderner als die von Frau Lerch. Der Adler ist besser gezeichnet und wirkt dreidimensionaler. Auch der Schulranzen ist schöner.

Trotzdem kann ich nichts mit ihnen anfangen. Ich stecke sie in die Handtasche meiner Mutter. Jörg Richter bittet uns, Platz zu nehmen. Sein Büro ist groß. Größer als die Zimmer, die ich bisher hier gesehen habe. Größer noch als das Zimmer von Frau Lerch. An der Wand hängen teure Bilder. Die Möbel sind prächtig. Hier drinnen läßt es sich aushalten. »Na Benjamin, schon gespannt, dein Zimmer zu sehen?« fragt Herr Richter und hebt seine Stimme. Ich überlege, wie ich antworten soll. Lange sage ich nichts. Dann entflieht meinen Lippen ein sprödes Ja. Meine Mutter tippt mich an. Ah ja, ich habe den Brief vergessen. Zögernd ziehe ich ihn aus der Tasche.

»Ich habe ein paar Zeilen an Sie geschrieben«, sagt meine Mutter an den Internatsleiter gewandt. »Sie sind sehr wichtig. Und da mein Sohn nur selten darüber spricht, hielt ich es für das beste, Ihnen zu schreiben.« Wie jedesmal. Egal, an welcher Schule ich bin, hält es meine Mutter für das beste, zu schreiben. Zu schreiben. Als ob man so seine Probleme beseitigen könnte. Nun gut. Langsam gehe ich zu dem großen Schreibtisch hinüber, hinter dem Richter sitzt. Wie fast alles hier ist er aus Holz. Pechschwarz noch dazu. Er ist spärlich bedeckt. Am Rand steht ein Computer. Das Logo der Schule, der Adler mit Schulranzen, ist in den Tisch eingraviert. Er ist nur schwer zu erkennen, doch ich sehe ihn gut. Ich werfe einen Blick auf den Briefumschlag:

Betrifft Halbseitenlähmung meines Sohnes Benjamin Lebert ist darauf zu lesen. Wie oft habe ich diesen Umschlag schon in die Hand eines Lehrers gedrückt? Bestimmt schon ein dutzendmal. Jetzt tue ich es wieder. Jörg Richter greift hastig nach dem Umschlag. In seinen Augen blitzt Neugierde. Er öffnet den Brief, zu meinem Entsetzen liest er laut vor. Seine Stimme ist klar und verständnisvoll:

Sehr geehrter Herr Richter!
Mein Sohn Benjamin hat seit seiner Geburt einen Halbseitenspasmus links. Das bedeutet, die Funktion der linken Seite seines Körpers, speziell von Arm und Bein, ist eingeschränkt. Praktisch bedeutet dies, er kann feinmotorische Arbeiten wie Schuhe binden, mit Messer und Gabel umgehen, geometrische Figuren zeichnen, mit der Schere schneiden etc. nicht oder nur eingeschränkt durchführen. Außerdem hat er dadurch Probleme beim Sport, kann nicht Fahrrad fahren und hat bei allen Bewegungen, die den Gleichgewichtssinn betreffen, Schwierigkeiten.

Ich hoffe, Sie können ihn dadurch unterstützen, indem
Sie diese Dinge berücksichtigen. Vielen Dank.
Mit freundlichen Grüßen
Jutta Lebert

Als das letzte Wort gesprochen ist, schließe ich die Augen. Ich sehne mich an einen Ort, wo Erklärungen nicht vonnöten sind. Langsam gehe ich zu meinen Eltern zurück. Sie stehen am Rand des Büros und halten sich an den Händen. Man sieht, sie sind zufrieden, die Dinge geklärt zu haben. Jörg Richter schaut auf. Er nickt. »Wir werden Benjamins Handicap berücksichtigen«, sagt er. Keine Fragen.
Wir gehen hoch in mein Zimmer. Es befindet sich im ersten Stock. Der Weg dorthin ist nicht weit. Er führt durch einen langen hölzernen Gang, der in einer langen hölzernen Treppe mündet. Die Wände sind schneeweiß. Wir folgen dem Internatsleiter bis nach oben. Ich halte die Hand meines Vaters. Bald schon kommen wir in einen neuen Gang. »Hier bist du ab sofort zu Hause«, sagt Jörg Richter. Die Wände sind nicht mehr weiß, sondern gelb. Ein liebliches Gelb soll es wohl sein. Doch es verfehlt seine Wirkung. Der Boden ist mit grauem Linoleum ausgelegt. Eine Farbe, die nicht mit dem Gelb der Wände harmoniert. Der Gang ist leer. Die Schüler sind noch nicht aus den Weihnachtsferien zurückgekehrt. Neben einem der Fenster ist ein Schild angebracht: *Dieser Gang ist in Obhut des Erziehers Lukas Landorf* ist darauf zu lesen. *Alle Abmeldungen für Einkäufe im Dorf sowie Erhalt von Taschengeld, Bestimmung der Bettgehzeiten und Erlaubnisse jeder Art gehen von ihm aus. Lukas Landorf ist in Zimmer 219 anzutreffen.*

Herr Richter deutet auf das Schild. Er zwinkert. »Lukas Landorf wird auch dein Erzieher sein«, sagt er. »Er wird dir bestimmt gefallen – er ist selbst neu hier. Leider kehrt er erst in zwei Stunden aus den Ferien zurück. Aber ich bin sicher, du wirst noch lange genug mit ihm zu tun haben.«

Ich sehe mich nach meinem Vater um. Er steht hinter mir. Seine Statur ist mächtig. Er strahlt Stärke aus. Ungern lasse ich ihn jetzt gehen.

Meine Mutter ist schon in das Zimmer gelaufen. Ich gehe ihr nach. Das Zimmer ist klein, im Prospekt hat das ganz anders ausgesehen. Der hellbraune Parkettboden ist brüchig, man erkennt vereinzelte Löcher. Jeweils an eine Zimmerwand ist ein Bett gequetscht. Beide Betten sind alt. Bauernstil. In der Mitte steht ein großer Schreibtisch mit zwei Stühlen. Auf einem liegt ein Kissen mit dem Adler-Emblem. An der Wand zwei Schränke. Der eine verschlossen. Der zweite wird wohl für mich gedacht sein. Ansonsten gibt es noch zwei Nachtkästchen und zwei Ablageschränke, die voraussichtlich als Bücherregal verwendet werden sollen. Voraussichtlich. Die Wände sind weiß. Nur über dem linken Bett hängen Poster. Die meisten von ihnen fallen in den Bereich Sport und Computerspiele. Mein Zimmerkamerad, der sie vermutlich aufgehängt hat, ist noch nicht da. Mein Vater und Herr Richter folgen uns in das Zimmer. Drei Koffer und eine Tasche werden auf den Boden gestellt. Ich denke an die Sekretärin Lerch. Dreißig Jahre in diesem Gemäuer. Richter öffnet eine Schublade des Schreibtisches und kramt ein kleines Schildchen, vier Reißnägel und einen Hammer hervor. Dann verläßt er das Zimmer und nagelt das Schildchen an die Türe. Später lese ich:

Dies ist Zimmer 211 bewohnt von Janosch Alexander
Schwarze (Kl. 9) und Benjamin Lebert (Kl. 8)

Nun ist es also amtlich. Ich bleibe hier. Wenn möglich bis zum Abitur. Meine Eltern gehen. Wir verabschieden uns. Ich sehe sie den Gang zurücklaufen. Höre das Knarzen der Türe. Die Schritte auf dem Holzbelag. Die Treppe. Herr Richter begleitet sie. Er hat versprochen, bald wiederzukommen. Er muß mit meinen Eltern über das Finanzielle sprechen. Da bin ich ja fehl am Platz. Hoffentlich sehe ich sie bald wieder. Ich nehme eine Tasche und beginne auszupacken. Unterwäsche, Sweatshirts, Pullover, Jeans. Wo zum Kuckuck ist mein kariertes Hemd?

*

Janosch sagt, das Essen sei schlecht. Sehr schlecht sogar. Und das ganze sieben Tage in der Woche. Er steht im Badezimmer und wäscht sich die Füße. Ich warte. Alle Waschbecken sind schon belegt. Es ist ein großes Badezimmer. Sechs Waschbecken, vier Duschen. Alles gekachelt. Alles belegt. Fünf Schüler warten mit mir. Der Rest schläft.
Über den Boden läuft Wasser. Es gibt keinen Duschvorhang. Meine Füße werden naß. Hoffentlich bin ich bald dran.
Aber es dauert noch. Janosch drückt einen Pickel aus. Dann werden die Hände gewaschen. Als ich an der Reihe bin, sehe ich nichts. Der Spiegel ist beschlagen. Das kommt vom Duschen. Angenehm. Janosch wartet auf mich. Ich beschließe, mich zu beeilen. Schnell putze ich mir die Zähne und wasche mir das Gesicht. Dann trockne ich meine Hände. Zusammen verlassen wir den

Waschsaal. Er ist nur zehn Meter von unserem Zimmer entfernt. Wir laufen über den Gang. Er heißt Hurenflügel, hat man mir erzählt. Oder auch Landorf-Gang. Wegen dem Erzieher. Sechzehn Schüler wohnen hier, verschiedenen Alters. Von dreizehn bis neunzehn. Aufgeteilt in drei Dreier-, drei Zweier- und ein Einzelzimmer. Das Einzelzimmer ist für einen besonders rauhen Gesellen. Er heißt Troy. An seinen Nachnamen kann ich mich nicht mehr erinnern. Janosch erzählt viel von ihm. Er sei ungeheuer seltsam und schon lang hier. Sehr lange sogar.

Unser Erzieher Lukas Landorf läuft über den Hurenflügel. Er macht kein Gesicht. Die schwarzen, zerzausten Haare hängen ihm wild über die Stirn. Seine Brille ist altmodisch. Er ist ein wenig größer als ich. Nicht viel. Janosch sagt, Landorf würde den grünen Pullover nie wechseln. Er sei sehr geizig. Schwabengeiz eben, sagt Janosch. Ansonsten sei er ein netter Kerl. Nicht zu streng. Feten würde er nie bemerken. Sogar Mädchen ließe er aufs Zimmer. Eine Schlaftablette. Andere Erzieher seien viel wachsamer.

Lukas Landorf kommt auf uns zu. Er lächelt. Sein Gesicht ist jung. Er kann kaum älter als dreißig sein. »Na?« fragt er. »Hat dir der gute Janosch schon alles gezeigt?« »Ja«, antworte ich. »Alles.«

»Bis auf die Bibliothek«, sagt Janosch. »Die haben wir vergessen. Darf ich sie ihm noch zeigen?«

»Nein, darfst du nicht. Morgen ist ein anstrengender Tag. Macht, daß ihr ins Bett kommt!« Mit diesen Worten geht Landorf wieder. Sein Gang ist wackelig. Schon jetzt vermißt er die Ferien. Ich auch. Nur ein paar Tage Südtirol waren es diesmal. Mehr nicht. Ein kleiner Zank mit meiner älteren Schwester Paula inbegriffen. Doch es war das Paradies. Das weiß ich jetzt.

Wir gehen ins Zimmer. Janosch will mit mir sprechen. Es geht um ein Mädchen, in das er sich verliebt hat. Die Eingliederung läuft hier ziemlich schnell ab. Um die sieben Stunden bin ich jetzt hier, und schon muß ich mich mit Mädchen beschäftigen. Dabei bin ich doch eigentlich gar nicht der Typ dafür.

Und das nicht nur wegen meiner Behinderung. Nein. Mit Mädchen hatte ich bisher genausoviel Glück wie in der Schule. Nämlich gar keins. Nur im Zuschauen hatte ich immer Glück. Im Zuschauen, wie andere Typen die Mädchen aufgabelten, in die ich mich verliebt hatte. Darin war ich echt gut. Janosch redet und redet. Er tut mir richtig leid. Er redet von Blumensträußen, strahlenden Lichtern und unendlich großen Brüsten. Ich stelle mir alles genau vor und stimme ihm inbrünstig zu. So ein Mädchen ist wirklich toll. Ich setze mich aufs Bett. Mein linkes Bein schmerzt. Das ist immer so am Abend. Seit sechzehn Jahren schon schmerzt mein linkes Bein. Mein behindertes Bein. Wie oft schon wollte ich es einfach abschneiden? Abschneiden und wegwerfen mitsamt dem linken Arm? Wozu brauche ich die beiden auch? Nur um zu sehen, was ich nicht kann: rennen, springen, glücklich sein. Aber ich habe es nicht getan. Vielleicht brauche ich sie ja zum Mathematik lernen.

Oder zum Ficken. Ja, voraussichtlich brauche ich zum Ficken mein gottverdammtes linkes Bein. Janosch ist inzwischen bei einem anderen Thema angelangt. Es geht um seine Kindheit. Er redet davon, daß das Leben früher schöner war als jetzt. Und er redet davon, daß es toll wäre, aus dem Internat zu fliehen. Einfach so. Der Freiheit wegen. Das erscheint Janosch als das Größte. Ich weiß darauf nicht zu antworten. Zu kurz erst bin ich hier. Doch laufen möchte ich auch. Das weiß ich. Weit, weit laufen. Wir rauchen Zigaretten. Eigentlich ist es verboten. Doch das interessiert jetzt nicht. Janosch hat sie mir mit einem Streichholz angezündet. Selbst kann ich das nicht. Man braucht zwei Hände dazu. Wenn Lukas Landorf kommt, werden wir die Zigaretten aus dem Fenster werfen. Wir sitzen beide in der richtigen Position dazu. Das Fenster ist weit geöffnet. Janosch schaut mich an. Er sieht müde aus. Seine tiefblauen Augen tränen. Sein blondierter Haarschopf sinkt immer häufiger Richtung Bettdecke. Janosch erhebt sich, drückt die Zigarette am Fenstersims aus und wirft sie hinab auf den dunklen Parkplatz. Vor ein paar Stunden noch habe ich dort unten gestanden. Jetzt stehe ich hier. Mittendrin im Geschehen. Vielleicht ist es ja gut so. Auch ich werfe meine Zigarette hinaus. Dann legen wir uns schlafen. Oder besser gesagt, wir versuchen es. Janosch erzählt von Malen, dem Mädchen. »Sie ist ungeheuer teuer«, sagt er. Das imponiert mir. Die meisten Jungen, die ich kenne, sagen etwas anderes über ihre Mädchen. Janosch sagt nur, sie sei teuer. Mehr nicht. Das ist gut. Ich wünsche ihm, daß es mit Malen klappt. Die Nacht ist klar und ohne Mond. Ich sitze wie so oft am Fenster.

*

Müde richte ich mich auf. Eine anstrengende Nacht liegt hinter mir. Wenig Schlaf. Ewiges Sitzen und Warten. Draußen dämmert es. Vielleicht ein Zeichen. Vielleicht aber auch nicht. Wer weiß das schon.
Der Wecker läutet. Es ist ein widerlicher Klang. Es klingt

nach *erster Schultag*. Und es klingt nach Mathematik. Voraussichtlich klingt es auch nach *Note 6*. Aber davon höre ich jetzt noch nichts. Ich schalte den Wecker aus. Die schwarze Jeans und das weiße *Pink Floyd – The wall* T-Shirt sind bereit. Schon gestern habe ich sie auf meine Seite des Schreibtisches gelegt. Meine Mutter hat mir beides eingepackt. Ganz oben, gleich neben den Schulbüchern. Ist das nicht ein Zufall! Ich ziehe mich an. Bis zum Frühstück habe ich noch Zeit. Den Weg kenne ich schon. Janosch hat ihn mir gezeigt. Er schläft noch. Vielleicht sollte ich ihn wecken. Für Verschlafen setzt es böse Strafen, habe ich gehört. Aber ich glaube, das weiß er selbst. In meiner Hosentasche finde ich einen Zettel. Ich erkenne die geschnörkelten Buchstaben meines Vaters:

Lieber Benni,
ich weiß, Du machst eine schwierige Zeit durch. Und ich weiß auch, daß Du nun in vielen Dingen auf Dich allein gestellt sein wirst. Aber denk bitte daran, es ist das beste für Dich, und bleib tapfer!
Papa

Bleib tapfer. Es ist das beste für dich. Schön gesprochen. Wirklich schön. Man kann nicht klagen. Ich werde den Brief aufheben. Vielleicht kann ich ihn mal meinen Kindern zeigen. Damit sie sehen können, was ihr Vater für ein großer Macker war. Was für ein ganz großer Macker er war. Ich stecke den Zettel in meine Hosentasche zurück. Dann mache ich mich auf den Weg zum Frühstück. Der Speisesaal liegt am anderen Ende des Schlosses. Ich durchquere den Hurenflügel, steige die ewig erscheinenden Treppen zum Hauptkorridor hinab und gelange schließlich zum Büro des Internatsleiters. Dann laufe ich den Begrüßungsgang entlang, komme an Frau Lerchs Zimmer vorbei und steige die Treppe zum Westbau hinab, die direkt in den Speisesaal führt. Die Westbautreppe ist alt, bei jedem Schritt ächzt und knarzt das Holz, als bitte es um eine sofortige Gewichtsentlastung. Der Speisesaal ist ein mächtiger Raum. Gut siebzehn Tische haben hier Platz. Und an jedem können mindestens acht Schüler sitzen. An den mit feinstem Holz verkleideten Wänden hängen richtige Gemälde. Sie zeigen Kriege, Frieden, Liebe und, wie könnte es anders sein, Adler, die einen Schulranzen tragen. Ich setze mich an einen Tisch, der ein wenig in die Ecke gedrängt ist, nur ein Fünftklässler teilt ihn mit mir. Das Brötchen schmeckt trocken. Jeglicher Versuch, ein wenig Butter darauf zu schmieren, scheitert an meiner Unfähigkeit, es mit der linken Hand festzuhalten. Auch nach mehreren Versuchen gelingt es mir nicht. Das Brötchen saust quer über den Tisch. Ein paar Mädchen, die an einem der gegenüberliegenden Tische sitzen und die Aktion verfolgt haben, kichern. Ich schäme mich. Schnell fange ich das Brötchen wieder ein. Ich bitte den Fünftkläßler darum, es mir zu schmieren. »Wie alt bist'n du?« fragt er. »Sechzehn«, antworte ich. »Mit sechzehn sollte man eigentlich schon gelernt haben, ein Brötchen zu schmieren«, stellt er fest. Er gibt es mir ungeschmiert zurück. Die Mädchen kichern. Ich trinke Tee.

*

»Mit sechzehn sollte man eigentlich schon gelernt haben, ein Geodreieck zu halten«, stellt Mathelehrer Rolf Falkenstein fest. Er gibt es mir zurück, ohne mir beim Zeichnen des Kongruenzsatzbeweises geholfen zu haben. Pech gehabt. Hier sitze ich also an meinem ersten Schultag. Ich schüttle den Kopf. Dabei hatte eigentlich doch alles recht gut angefangen. Die ersten Stunden, Französisch und Englisch, waren gut gelaufen, ich hatte die so berühmte Vorstellungsarie, die ich so hasse, hinter mich gebracht. Es war die übliche Sache. Vor die Klasse treten, nicht wissen, wohin mit den Händen, und sagen:
Hallo Leute. Ich heiße Benjamin Lebert, bin sechzehn Jahre alt, und ich bin ein Krüppel. Nur damit ihr es wißt. Ich dachte, es wäre von beiderseitigem Interesse.
Die Klasse 8B, in der ich mich nun befinde, hat recht ordentlich darauf reagiert: ein paar verstohlene Blicke, ein wenig Gekicher, eine erste schnelle Einschätzung meiner Person. Für die Jungen war ich nun einer der alltäglichen Idioten, mit denen man nicht mehr rechnen mußte, und für die Mädchen war ich schlicht gestorben. Soviel hatte ich erreicht.
Französischlehrerin Heide Bachmann sagte, daß es im Internat Schloß Neuseelen nicht darauf ankäme, ob man eine Behinderung habe oder nicht. In Neuseelen käme es auf liebevolle und konsequent verbindliche Werte und soziale Kompetenzen an. Gut zu wissen. Die Klasse 8B ist nicht groß: zwölf Schüler. Mich eingeschlossen. In den staatlichen Schulen sieht das anders aus. Da sind es immer um die fünfunddreißig. Aber die müssen schließlich auch nicht zahlen. Hier zahlen wir. Und zwar bis es kracht. Wir sitzen, wie eine große Familie, in Hufeisenform vor dem Lehrer. Wir halten uns

beinahe bei den Händen, so sehr lieben wir uns. Internat eben. Eine Gruppe, eine Freundschaft, eine Familie. Und Mathelehrer Rolf Falkenstein ist unser Papi. Er ist ein großer Kerl. Fast 1,90 m. Er hat ein blasses Gesicht mit hochliegenden Wangenknochen. Einer der Männer, die ihr Alter auf der Stirn tragen. Fünfzig. Kein Jährchen mehr und kein Jährchen weniger. Falkensteins Haar ist fettig. Die Farbe ist kaum zu erkennen. Es muß wohl grau sein, nehme ich an. Seine Fingernägel sind lang und ungepflegt. Ich fürchte mich ein wenig vor ihm. Barsch knallt er sein großes Geodreieck gegen die Tafel. Er zieht einen Strich. Mitten durch ein geometrisches Gebilde. Ich glaube, es soll eine Gerade sein oder so. Ich versuche, sie abzuzeichnen. Doch es gelingt mir nicht. Immer wieder rutscht das Geodreieck beiseite. Schließlich mache ich es per Hand. Was herauskommt, ist ein komisches Gebilde. Einem Glücksdrachen ähnlicher als einer Geraden. Nach dem Unterricht läßt mich Falkenstein zur Seite treten. »Du wirst Nachhilfe haben müssen«, sagt er. »Und so wie ich das sehe, mindestens eine Stunde täglich.« Große Freude steigt in mir auf. »Nun gut. Wenn es denn sein muß.« Ich gehe.

2

Am Nachmittag gehe ich mit den Jungs ins Dorf. Der
Weg dorthin ist nicht weit. Die Hausaufgabenstunde findet heute erst später statt. Sogar Troy ist mitgekommen.
Stillschweigend watschelt er hinter uns her. Ab und zu
drehe ich mich zu ihm um.

»Troy, was machst du?« frage ich.

»Nichts«, antwortet er.

»Aber du mußt doch irgend etwas machen!«

»Nein, muß ich nicht«, sagt er.

Ich lasse ihn in Ruhe. Seine große Gestalt bleibt hinter
mir. Aus den Augenwinkeln sehe ich seine schwarzen
Stoppelhaare. Wir bleiben stehen, um zu rauchen. Alle
machen mit: Janosch, der dicke Felix, der dünne Felix,
Troy und auch der kleine Florian aus der Siebten, den alle
nur *Mädchen* nennen. »Na, wie war dein erster Schultag?« fragt er. Er zieht an seiner Zigarette. Seine Augen
tränen. Er hustet.

»Ging so«, antworte ich.

»Ging so heißt scheiße, oder?« fragt er.

»Ging so heißt scheiße«, bestätige ich.

»Meiner ging auch so«, sagt er. »Die Reimanntal will,
daß ich die Heimordnung dreimal abschreibe.«

»Und machst du's?« frage ich.

»Sehe ich so aus?«

Nein, er sieht nicht so aus. Seine grünen Augen funkeln.
Er guckt böse. Seine dunkelbraunen Haare sind zerzaust. Er schaut in die Ferne. Seine Stirn wird faltig.

23

Ich muß an mein Zuhause denken. Das schönste Zuhause ganz Münchens. Eine gute Fahrstunde ist es von hier entfernt. Nicht weit, doch trotzdem unerreichbar. Eigentlich ist es nichts Besonderes. Ein blauer Backsteinbau auf einer ebenen, kleinen Straße. Umringt von zwei Spielwiesen. Mehr nicht. Trotzdem ist es das schönste Zuhause Münchens. Was würde ich jetzt wohl tun, wenn ich nicht im Internat, sondern dort wäre? Lesen, schreiben, ein bißchen schlafen. Vielleicht meiner Mutter beim Abwasch helfen. Oder Paula, meiner lesbischen Schwester, beim neuesten Fang behilflich sein: Sylvia, die Tochter des Nachbarn. Dabei müßten wir natürlich schön vorsichtig sein, weil es nicht so gut wäre, wenn meine Eltern etwas davon mitbekämen. Die sind in dieser Hinsicht sehr empfindlich. Eltern. Leider bin ich aber nicht zu Hause. Ich befinde mich im Internat oder, besser gesagt, auf einer Dorftreppe.

Hier sitze ich und unterhalte mich mit Florian, den alle nur *Mädchen* nennen. Wieder tut er einen Zug aus seiner Zigarette. Er hustet. Diesmal heftiger. Janosch kommt zu uns.

»Das gute Mädchen verträgt halt nicht so viel«, sagt er. »Aber nicht traurig sein. Was noch nicht ist, kann noch werden.« Er lacht. Er setzt sich zu mir auf die Treppe und öffnet eine Dose Warsteiner Bier. Wir haben Troy als Wache aufgestellt. Er steht vorne beim Holunderstrauch. Wenn ein Lehrer oder Erzieher kommt, wird er Alarm schlagen. Sonst setzt es böse Strafen. Vielleicht sogar eine Woche Internatsentzug. Wer weiß das schon. Rauchen und Trinken werden für gewöhnlich am härtesten bestraft. Janosch tippt mir auf die Schulter. »Was ist?« fragt er. »Hast du wieder Komplexe wegen deiner blöden Behinderung? Nimm es doch nicht so schwer. Wir sind alle behindert. Schau Troy an! Außerdem hätte es dich auch schlimmer erwischen können. Wegen deiner linksseitigen Lähmung solltest du dir wirklich nicht in die Hosen scheißen!«

»Es ging gar nicht um meine Behinderung«, sage ich. »Es ging um mein Zuhause. Aber trotzdem danke.«

»Um das Zuhause, wie?« fragt Janosch. »Da kann ich dir leider auch nicht helfen. Wir alle wollen nach Hause. Aber es geht eben nicht. Wir müssen hierbleiben. Wir sind alle Fleischbrocken in einer verdammten Chappi-Dose. Wir schwimmen alle in der gleichen Scheiße. Und der dicke Felix dort vorne ist bei weitem das fetteste Stück.« Langsam stehe ich auf. Ich gehe zum dicken Felix hinüber. Er ist gekränkt. »Mach dir nichts draus«, sage ich. »Er meint es nicht so.«

»Natürlich meint er es nicht so«, sagt Felix. »Trotzdem könnte er mal sein Maul halten. Ich kann schließlich auch nichts dafür, daß ich so fett bin. Und ich bin sicher, unser guter Freund Troy dort vorne kann auch nichts dafür, daß er nie ein Wort herausbringt. So sind wir halt.«

»Stimmt«, sage ich.

»Wißt ihr, was ich glaube?« wirft der dünne Felix in diesem Augenblick ein.

»Was glaubst du denn?« fragt Janosch.

»Ich glaube, daß wir alle Helden sind.«

»Helden?« wiederholt Florian, den alle nur *Mädchen* nennen.

»Wieso ausgerechnet Helden?«

»Weil die Weiber so auf uns stehen«, entgegnet Felix. »Fett, krüppelig, schweigend, dumm. Genau das sind doch die Typen, auf die die Weiber stehen, oder nicht?«

»Davon habe ich aber noch nichts gemerkt«, antwortet der dicke Felix. »Die Weiber stehen doch auf große Blonde, die was leisten und die beim Film mitspielen könnten. So wie Mattis zum Beispiel. Glaubst du wirklich, daß die Weiber auf so Fette wie mich stehen würden?«

»Mattis ist doch eine Schlange«, brummt Janosch. »Da sollen sie lieber auf so einen Fetten wie dich stehen. Oder auf Benni. Schaut euch mal Benni an! Der ist doch der Typ, auf den die Weiber scharf sind, oder nicht? Braune, kurze Haare, blaue Augen, nicht fett. Das ist der geborene Weiberheld.«

Für einen kurzen Augenblick genieße ich die Aufmerksamkeit aller. »Habt ihr eine Ahnung«, sage ich. Dabei blicke ich an mir herunter. Noch immer trage ich das *Pink Floyd – The wall* T-Shirt und die schwarze Jeans. Meine Füße stecken in *Puma Disk*-Schuhen mit Drehverschluß. Eigentlich waren sie mal weiß. Nun sind sie grau bis schwarz. Es sind die einzigen Schuhe, die ich tragen kann. Ich kann nämlich keine Schnürsenkel binden. Janosch sagt, ich soll mir deswegen nicht in die Hosen scheißen. Trotzdem fühle ich mich mit den Schuhen unwohl. Vielleicht nur Gewöhnungssache. Ich trinke einen Schluck Bier.

Wir gehen runter auf den Dorfplatz. Alle tun sie mir irgendwo leid. Alle fünf. Da wäre zum einen der dicke Felix. Ein Einzelkind aus einer brutalen Familie, wie Janosch sagt. Er habe nie besonders viele Freunde gehabt. Nur die Süßigkeiten. Und denen sei er verfallen. Alle nennen ihn *Kugli* oder *Obelix*. Er hasse diese Bezeichnungen. Doch könne er sich nie gegen sie wehren. Sie verfolgten ihn schon seit Beginn seiner Schulkarriere, und sie würden ihn noch verfolgen, wenn er sein Abitur nach Hause brächte. Und das würde er zweifelsohne irgendwann tun. Denn der dicke Felix sei ein guter Schüler. Ein Schnitt von 1,7 sei ihm jedes Jahr sicher. Sogar in Mathe sei er gut, sagt Janosch. Doch als Nachhilfelehrer solle man ihn nicht nehmen. Es heißt, er verlange Süßigkeiten als Prämie. Aber das sei nicht bewiesen. Ansonsten sei Felix ein freundlicher Genosse. Krieg und Kämpfe verabscheue er. Vielleicht auch deshalb, weil er stets den kürzeren zöge.

Neben Felix läuft der kleine Florian, den alle nur *Mädchen* nennen. Er sei ungeheuer zart und sehr empfindlich, meint Janosch. Mit sechs Jahren habe er seine Eltern bei einem Autounfall verloren. Seitdem spreche er sehr wenig, und meistens nur dann, wenn er dazu aufgefordert werde. Er sei schon seit der fünften Klasse hier, und wenn Ferien sind, fahre er zu seiner Großmutter nach Hohenschäftlarn, die ihn dort mit überschwenglicher und fast unerträglicher Liebe beglücke. Er sei einer der wenigen Schüler hier, deren Eltern oder Verwandten nicht reich sind. Er verdanke den hiesigen Aufenthalt nur einem Jugendamt. Trotzdem habe er sich gut eingelebt.

Über den dünnen Felix gebe es fast gar nichts zu berichten. Er sei ebenso neu hier wie ich. Vor drei Wochen sei er eingetroffen. Seitdem habe er sich mehr oder weniger in die Gruppe hineingezwängt, sagt Janosch. Er sei ein netter Kerl und habe noch nie jemandem etwas zuleide getan.

Troy schließlich bezeichnet Janosch als das Neuseeler Urgestein. In der zwölften Klasse sei er nun. Acht Jahre habe er hier schon hinter sich gebracht. Sein Leben sei Schweigen. Niemand wisse, was hinter seiner Fassade vorgeht. Man sagt, er habe einen im Sterben liegenden

Bruder. Genaueres sei unbekannt. Nichts über die Eltern. Nichts über die Verwandten.

Bliebe noch Janosch selbst. Mein Zimmerkollege. Der Neuntkläßler mit Sinn für Humor. Stetig lacht und grölt er. Über seine Familie weiß ich nichts. Der dicke Felix sagt, Janoschs Vater sei Aktienmilliardär. Doch das ist ungewiß. Vielleicht finde ich es noch heraus.

Wir laufen über den Marktplatz. Er ist fast leer. Nur wenige Stände machen heute Profit. Florian kauft sich ein Bier. Er gibt Obacht, daß ihm kein Erzieher in die Quere kommt. Schnell läßt er die Dose in einer Plastiktüte verschwinden. Dann kommt er zu uns zurückgelaufen. »Ich habe gehört, daß eine Sexualpädagogin gerade ihre Runde macht«, sagt er. »Zur Zeit soll sie sich in der Praxis des hiesigen Dr. Beerweiler niedergelassen haben. Man könne sie jederzeit sprechen. Ich verwette meinen Bierkrug, daß du dich nicht traust, jetzt zu ihr zu gehen, Janosch.«

»Was sollte ich auch bei ihr?« brummt dieser. »Mein Sexualleben war scheiße und wird immer scheiße sein. Da kann so eine Sexualtunte auch nichts dran ändern.«

»Du mußt ja gar nicht viel reden«, antwortet Florian. »Sag einfach, du wärest schwul. Und dein Erzieher fände das nicht so toll.«

»Fände er auch nicht«, wirft der dicke Felix ein.

»Außerdem«, fährt Florian fort, »denk doch mal an den Gewinn. So einen Bierkrug wolltest du doch schon immer haben. Dafür kannst du dich auch ruhig lächerlich machen, oder nicht?«

»Mädchen, du bist ein Wichser!« brüllt Janosch lachend.

»Ich weiß«, antwortet Florian. »Aber wenigstens kein schwuler Wichser.«

So marschieren wir also zur Praxis des Neuseeler Arztes Dr. Beerweiler. Sie liegt am anderen Ende des Dorfes. Wir müssen viele Straßen und Gassen durchqueren. Sie sind eng. Für Autos kaum passierbar. Erst bei der Neuseeler Kapelle wird es wieder besser. Hier herrscht reger Verkehr. Die Jungs sind aufgeregt. Alle reden durch- einander. Vorschläge und Belehrungen werden abgelassen. Janosch bleibt cool. Er zieht an seiner Zigarette. Gar nichts scheint ihn aus der Ruhe bringen zu können. Wir erreichen das Haus, in dem sich die Praxis befindet. Es ist ein skurriles Gebäude. Jugendstil. Die Fenster sind beschlagen. Schon vor der Türe riecht es nach Praxis. Rechts ist ein Messingschild angebracht:

Praxis Dr. Josef Beerweiler
Sprechzeiten: Mo – Fr 8:00 Uhr – 14:30 Uhr
ist darauf zu lesen.
Darunter hängt ein Flugblatt mit folgender Aufschrift:
Sex and so
Die Beratungsstelle für Jugendliche und
Erwachsene, die sich am Sex erfreuen.
Vom 03.01. – 12.01. haben wir uns in der
Praxis Dr. Beerweiler niedergelassen.
Beratungsstunde auch ohne Anmeldung acht Stunden täglich.
Neben dem Text ist ein Junge gezeichnet. Er hält sein Geschlechtsteil und lacht. Darüber die Sprechblase:
Auch Homosexuelle sind bei uns herzlich willkommen.
Florian, den alle nur *Mädchen* nennen, deutet auf die Blase. »Siehst du«, sagt er. »Das ist genau das richtige für unseren Janosch.« Und damit schiebt er ihn in die Türe hinein. Wir laufen den beiden nach. Die Praxis befindet sich im Erdgeschoß. Wir müssen keine Treppen stei-

gen. Das freut mich. Treppen steigen bedeutet immer Schmerzen haben. Und auf Schmerzen habe ich jetzt keine Lust. Janosch klingelt. Mit einem lauten, krächzenden Ton öffnet sich die Türe von selbst. Wir treten ein. Ein glattgestrichener, blauer Teppichboden, an dessen Rändern sich strahlend weiße Wände erheben, empfängt uns. Es riecht nach Praxis. Wir müssen einen langen Gang durchqueren, ehe wir ins Anmeldezimmer gelangen. Eine junge Dame, blond mit eingecremter Haut und silberner Brille, sitzt dort an einem Schreibtisch.

»Sie wünschen?« fragt sie. Ihr Blick ist böse. Sie wirkt gestreßt. Janosch tritt vor.

»Wir ... ich würde gerne zur Beratungsstelle *Sex and so*.«

»Zweite Tür links«, sagt sie. Dabei hebt sie ihre Stimme.

Sie ist erotisch. Ich freue mich, ihr begegnet zu sein. Ich beschließe, noch einmal alleine herzukommen. Vielleicht ein bißchen besser gekleidet. Und vielleicht mit einer Blume oder so. Aber erst später, jetzt noch nicht. Wir gelangen vor eine braune Türe. *Sex and so* ist darauf zu lesen. Der dicke Felix lacht. Seine Ohren werden rot. Er ist nervös.

»Hat jemand zufällig was zu fressen hier?« fragt er. »Ich mein' ja nur so. Ich könnte jetzt schon was gebrauchen.«

»Halt's Maul, Kugli«, klingt es von allen Seiten. Janosch klopft. Eine zierliche Stimme antwortet ihm.

»Herein!« sagt sie.

Ich schätze die Stimme auf dreiundvierzig. Vielleicht auch ein wenig jünger. Wir betreten den kleinen Raum. Alles ist dicht aneinandergedrängt. Wir haben kaum Platz. Hinter einem rotbraunen Schreibtisch, er ist schön geformt und würde auch gut in mein Internatszimmer passen, sitzt eine blonde Frau. Ihr Gesicht ist ein wenig faltig. Sie muß wirklich dreiundvierzig sein. Die Augen sind von einem sonderbaren Grün. Sie fallen auf. Ansonsten ist sie ein hellhäutiges Geschöpf. Vor ihrem Schreibtisch stehen drei Stühle aus schwarzem Leder. An der Wand hängen Pornobilder. Die meisten von ihnen zeigen die Missionarsstellung. Oder auch Frauen, die irgendwelchen muskulösen Männern einen blasen. Der dünne Felix und ich fühlen uns sofort davon angezogen. Die blonde Dame hingegen erhebt sich.

»Ich heiße Katharina Westphalen«, sagt sie. »Wir werden uns sicher noch genauer kennenlernen. Seid ihr vom Internat Neuseelen?«

»Ja«, antwortet der dicke Felix, der unentwegt auf das Glas mit Gummibärchen glotzt, das auf einem der beiden Nebentische steht.

»Meinen Sie, ich dürfte mir davon eins nehmen?« fragt er höflich.

»Aber natürlich«, antwortet Westphalen.

Janosch und ich schütteln den Kopf.

»Was habt ihr denn für ein Anliegen?« fragt Westphalen.

Janosch dreht sich zu Florian um.

»Mein Krug?« fragt er flüsternd.

»Dein Krug«, bestätigt Florian.

»Eigentlich habe nur ich ein Anliegen«, sagt Janosch an Westphalen gewandt. Auch ihm ist jetzt das Blut in den Kopf gestiegen.

»Wie heißt du?« fragt sie.

»Janosch«, antwortet er.

»Und was genau ist dein Anliegen?«

Der dicke Felix grinst. Er stopft gerade ein Gummibär-

chen in sich hinein. Die Spannung steigt. Alle starren auf
Janosch.

»Nun ja«, antwortet dieser schließlich. Er sieht sich um.
»Ich bin schwul, und ich würde gerne mit Troy Sex haben.« Dabei deutet er auf ihn. »Aber ich habe Angst, daß
der Erzieher uns erwischt. Wie würde er darauf reagieren? Oder besser gesagt: Wie hat ein Erzieher darauf zu
reagieren? Mit Suspension? Mit drei Wochen Tischdienst? Warum zum Teufel können Schwule nicht einfach schwul sein? Nicht wahr, Troy?«

Janosch ist unbestreitbar zu seiner Bestform aufgelaufen.
Den Krug hat er sich wirklich verdient. Es ist ihm egal,
was Frau Westphalen von ihm denkt. Und es ist ihm
auch egal, ob sie sich telefonisch bei dem Erzieher mel-
den wird. Er ist nun der Größte. Er hat einen Krug ge-
wonnen, und seine Freunde werden ihn deswegen ewig
lieben. Was kann ihm also passieren?

»Was sagst du dazu, Troy?« fragt Westphalen.

Troy schweigt.

»Schämt er sich dafür?« fragt sie nun wieder an Janosch
gewandt.

»Natürlich schämt er sich. Ich meine, schauen Sie ihn
doch an! Wer würde sich da nicht schämen?«

Troy tut einen Schritt nach rechts. Unendlicher Zorn
spiegelt sich in seinem Gesicht. Er kneift die Augen zusammen. Am liebsten würde er schreien. Das sieht man.
Doch er kann es nicht. Der Schrei verhallt innerlich. Der
dicke Felix geht zu ihm hinüber.

»Mach dir nichts draus«, sagt er. Die gleichen Worte, die
ich zuvor bei ihm selbst angewendet habe. Vielleicht
helfen sie. Troy schweigt immer noch. Doch sein Gesicht
hellt sich ein wenig auf. Immerhin ein Anfang. Janosch

merkt von alledem nichts. Er hört sich genüßlich die Belehrungen und Vorschläge Westphalens an. Er grinst.

*

Eine halbe Stunde später, als alles vorüber ist und wir schon wieder auf dem Marktplatz stehen, ertönt die Stimme des dicken Felix:

»Darf ich euch mal was fragen?«

»Frag!« antwortet Janosch.

»Warum haben wir das jetzt gemacht?«

»Weil Janosch meinen Krug haben wollte«, antwortet Florian. »Das weißt du doch.«

»Deinen Krug«, wiederholt Felix. »Nur wegen deinem dummen Krug? Da hätten wir ja gleich gar nichts machen können.«

»Gar nichts zu machen wäre langweilig«, antwortet Janosch. »Stell dir das doch mal vor! Ewiges Herumhängen? Nein, da gehe ich lieber zur Westphalen und höre mir Vorträge an. Und sei es nur wegen einem dummen Krug. Ich glaube, genauso hat es Gott gewollt.«

»Gott hat es bestimmt nicht so gewollt«, antwortet der dicke Felix. »Glaubst du wirklich, daß Gott gewollt hätte, daß wir zu einer Sextherapeutin gehen?«

»Aber natürlich hätte er das gewollt. Wir sind doch Jugendliche. Und Jugendliche müssen doch irgendwann erfahren, wie man fickt.«

»Für Fickende hat der liebe Gott nichts übrig«, entgegnet Felix.

»Aber für Onanierende schon, oder?« will der andere Felix wissen.

»Sonst hätte ich es mir nämlich ziemlich verscherzt.« Er

33

lacht. Alle lachen. Sogar ich lache. Dabei finde ich die Diskussion eigentlich gar nicht so lustig. Man sieht, daß Felix es ernst meint.

»Du glaubst doch nicht wirklich an den bärtigen Mann im Himmel, oder?« fragt Janosch.

»Doch«, antwortet der dicke Felix »Ich glaube an ihn. Und er ist bestimmt gütiger als du! Er verarscht nämlich keine Leute. Vor ihm sind sie alle gleich. Du hingegen machst dich über alle lustig. Sieh Troy und mich an.«

»Ich mache mich über alle lustig«, wiederholt Janosch. Zum ersten Mal wird er angegriffen. Er seufzt. »Daß die Leute nie merken, wann ich es ernst und wann ich es spaßig meine«, sagt er.

»Das sollte man aber merken«, sagt Felix. Er kneift die Nasenflügel zu. »Nicht wahr, Troy?«

*

Ich sitze auf dem Lokus und presse die Augen zu. Ich habe Durchfall. Vielleicht wegen dem Essen. Vielleicht aber auch als Erinnerung an einen anstrengenden Tag. Ich weiß es nicht. Immer häufiger reißen sie die Türe auf. Sie schmeißen Klopapier zu mir herein.

»Dünnschiß! Dünnschiß!« klingt es höhnisch von draußen. Sie singen. Ich habe noch fünf Minuten bis zur Hausaufgabenstunde. Das schaffe ich nie. Nun gut. Dann setzt es halt Ärger. Ich kann da auch nichts machen.

Ich hasse die Toilette vom Hurenflügel. Doch es ist die einzige, die wir haben. Sie ist alt und kann nicht abgeschlossen werden. Fast alle Kacheln sind schon herausgebrochen. Auf dem Boden stehen Urinpfützen. Den

Landorf-Schülern ist es egal, wo sie hinpissen. Wenn sie Zeit haben, pissen sie auch an die Decke. Das ist lustig.

*

Französischlehrerin Heide Bachmann hat heute Aufsicht. Sie schaut kurz auf, als ich zur Tür hereinkomme. Sie war in ein Buch vertieft.

»Es ist nicht so toll, an seinem ersten Schultag zu spät zur Hausaufgaben-Anfertigungsstunde zu erscheinen«, sagt sie. Ihre Stimme ist heiser. Der braune Haarschopf wakkelt. Die Augen funkeln.

»Ich weiß«, antworte ich. »Es tut mir ja auch leid, aber ...«

»Setz dich!« sagt sie. Dabei schreibt sie etwas in das Klassenbuch.

»Halt! Nicht dorthin. Setz dich bitte zu Malen!«

Ich tue wie mir befohlen. Ich gehe zu Malen. Janoschs Traum. Sie sitzt am Rande des Klassenzimmers. Eingezwängt zwischen zwei Einzeltischen. An dem einen sitzt Anna, Malens Freundin. Ihre langen blonden Haare hat sie hochgesteckt. Das Gesicht ist bleich, aber freundlich. Sie blickt zu mir auf und lächelt. Ich lächle zurück. Der zweite Tisch ist frei. Dorthin setze ich mich. Ein kratzender Laut ertönt, als ich den Stuhl zurückschiebe. Alle Schüler blicken auf. Auch Malen. Sie lacht. Ein ungeheuer schönes Mädchen, denke ich. Ich verstehe Janosch. Ihre Haut ist hell und zart. Die Augen gütig. Ein traumhaftes Lächeln.

»Du kannst mir nicht zufällig in Mathe helfen?« fragt sie. Dabei schlägt sie ihre Beine übereinander. Ich schlucke.

»Nein – leider nicht. Ich würde es selber gerne verstehen«, antworte ich. Malen nickt. Sie wendet sich ab. Ich blicke auf ihren Busen. Tja. Das war sie wohl, meine Chance. Schwups da, und schwups wieder weg. Wie immer. Ich werfe einen Blick auf mein Hausaufgabenbuch. Es verspricht noch Freudigeres:

Mathe
Physik
Englisch
Französisch

Und alles für morgen. Nebenbei noch ein Referat in Musik und eine Erörterung zum Thema *Jugend und Alkohol* in Deutsch. Als ob man nicht schon genug zu tun hätte. Ich mache mich an die Arbeit.

Die Bachmann kommt zum Kontrollieren. Ihr Blick ist böse. Sie setzt sich auf meinen Tisch. Unwillkürlich denke ich an meine alte Schule: Borschtallee 3, Luitpoldpark, München. Das Himmelstoß-Gymnasium. Drei Jahre war ich dort. Eine anstrengende Zeit. Mißerfolge in der Schule und in anderen Dingen. Drei oder vier gute Schulaufgaben, wenn es hochkommt. Man war stark auf sich alleine gestellt. Aber man konnte nach Hause gehen. Nach der ganzen bitteren Scheiße, die am Vormittag über einen hereingebrochen war. Dort gab es keine Hausaufgaben-Anfertigungsstunde. Und es gab dort keine Bachmann. Um ein Uhr konnte man heim. Zu seiner Mutter. Weinen. Lachen. Hoffen. Das kann man hier nicht. Hier muß man bleiben. Bleiben, bis man schwarz wird. Das dauert. Malen steht auf. Sie will sich etwas von Fräulein Bachmann abzeichnen lassen. Mit aufgeschlagenem Matheheft kommt sie zu meinem Tisch. Ihre schulterlangen blonden Haare hat sie nach hinten gekämmt. Die rote Bluse läßt viel erahnen. Der kurze Rock ebenfalls. Sie beugt sich über meine Schulter. Ich fühle mich toll. Wäre ich ein Mann, bräuchte es vielleicht ein wenig mehr, um beeindruckt zu werden. Doch ich bin ein Junge. Und als Junge genügt ein simples Herüberbeugen. Die Bachmann setzt ihre Unterschrift unter den Mathematikeintrag. Ich wünschte, es wäre bei mir auch schon soweit. Doch ich habe noch einen ganzen Kongruenzsatzbeweis vor mir.

»Mir scheint, du hast dich gut eingelebt«, sagt die Bachmann. Sie kaut auf ihrem Fingernagel.

»Ja, habe ich. Ganz gut soweit.« Ich muß an meine Eltern denken. Und an Janosch.

»Schön«, antwortet sie. »Trotzdem wäre es besser, nächstes Mal nicht zu spät zu kommen. So etwas kann auf Dauer sehr unangenehm werden.« Das kann es wohl.

Ihr Hintern wackelt zurück ans Pult. Ich sehe ihr nach. Dann widme ich mich dem Kongruenzsatzbeweis.

3

Zum Abendessen gibt es Vanillecroissants. Das ist gut. Viele Schüler, darunter Zehnt-, Elft- und Zwölftkläßler, sind zu einer Kunstausstellung gefahren. So bleibt mehr für uns übrig. Der dicke Felix hat extra Tüten mitgebracht. Er will ein paar Croissants mit nach oben nehmen. Wir verstecken die Tüten unter dem Tisch. In regelmäßigen Abständen holen wir Nachschlag. Das fällt nicht auf. Florian hat sogar ein wenig Kakao aufgetrieben. Das gelingt selten, sagt Janosch. Zum Abschluß gibt es Obst. Wir sind begeistert. Auch Troy lacht. Er nimmt sich noch ein Croissant. Draußen schneit es. Hagelkörner prasseln gegen das große Fenster. Es ist laut.

»Na, was ist, Freunde?« fragt Janosch. »Gehen wir heute nacht zu den Mädchen?« Dabei dreht er sich zu Erzieher Lukas Landorf um, der am gegenüberliegenden Tisch sitzt. Janosch grinst.

»Mit dir gehe ich nirgendwo mehr hin«, antwortet der dicke Felix. Er beißt in seinen Apfel.

»Sei doch nicht gleich so eingeschnappt«, erwidert Janosch. »Ich habe es doch nicht so gemeint.«

»Das hat mir Benni auch schon gesagt«, gibt der dicke Felix zu verstehen. »Aber das hilft nichts.«

»Wieso hat Benni dir das auch schon gesagt?« fragt Janosch.

»Weil Benni cool ist«, erwidert Florian, den alle nur *Mädchen* nennen.

»Da hat er allerdings recht«, sagt Janosch. »Benni ist wirklich cool. Oder Freunde – ist Benni cool?«

»Benni ist cool«, erwidern die anderen. Sie schlagen mir auf die Schulter.

Ich muß an meine Schwester denken. Sie fehlt mir. Wo sie sich jetzt wohl gerade herumtreibt? Wahrscheinlich bei einer dieser Lesben-Feten in der Altstadt. Die kenne ich. So manches Mal hat sie mich mit dorthin genommen. Heimlich natürlich. Wir sind aus dem Fenster gestiegen. Meine Eltern haben nie etwas davon mitbekommen. Das ist gut so. Sie hätten es doch nicht verstanden. So blieb es unter uns. Und ich fand es toll. Meistens war ich der einzige Junge. Und im Gegensatz zu anderen Jungen konnten die Mädchen mich leiden. Ich stank, soff und rülpste nicht, und obendrein enthielt ich mich »frauendiskriminierender Schundrituale«. Ich durfte bleiben. Manchmal sogar eine ganze Nacht. Meine Schwester brachte mich dann nach Hause. Sie war die Heldin des Abends. Alle mochten sie. Alle fanden sie schön. Dabei ist sie eigentlich recht klein. 1,64 m vielleicht. Ihre braunen, schulterlangen Haare sind stets zu einem Pferdeschwanz zusammengebunden. Ihr Gesicht ist klar und ohne Furchen. Ausdruckslos. Selten sehe ich es weinen. Oder lachen. Immer leer. Verdammte Scheiße. Ich glaube, ich liebe diese Frau.

»Was ist jetzt mit den Weibern?« fragt Janosch.

»Was soll schon mit ihnen sein?« will Florian wissen.

»Ja, gehen wir nun hin, oder nicht?« Janosch ist zornig.

»Was wollen wir denn bei denen machen?« fragt der dünne Felix. »Das wird nur wieder so eine ›Krug-Aktion‹, da bin ich mir sicher.«

»Die ›Krug-Aktion‹ war *crazy*«, wirft Janosch ein. Er

sagt immer *crazy*. Zu allen aufregenden Dingen sagt Janosch *crazy*. Er liebt dieses Wort.

»Diese Aktion soll *crazy* gewesen sein?« fragt der dicke Felix erstaunt. »War es denn auch *crazy*, mich als fettiges Chappi-Stück zu bezeichnen?«

»Nein, das war nicht *crazy* – das war ein *accident*.« Janosch lacht.

»Ich haue dir gleich ein paar auf die Schnauze. Dann zeige ich dir einen richtigen *accident*«, erwidert Felix.

»Soll das heißen, du bist heute nacht dabei?« fragt Janosch. Kugli wirft ein Vanillecroissant nach ihm.

Janosch wendet sich um. Er lacht immer noch.

»Und was ist nun mit euch? Kugli ist dabei.«

»Wir sind auch dabei«, brummen die anderen. Ich brumme mit. Wie es sich eben gehört.

»Gut«, sagt Janosch. »Ich besorge die Mädchen – ihr das Bier. Um 0:50 Uhr treffen wir uns beim Lebert und mir im Zimmer.«

*

Wahrscheinlich ist es zehn. Ich weiß es nicht. Draußen ist es schon finstere Nacht. Ich sitze auf dem Fenstersims und gucke hinaus.

Neben mir sitzt Janosch. Er raucht.

»Kannst du mir mal was sagen, Janosch?« frage ich.

»Ich kann dir vieles sagen«, antwortet er.

»Nicht vieles«, erwidere ich. »Nur das eine: Wie fühlt es sich an, nicht behindert zu sein? Nicht schwach? Nicht leer? Wie fühlt es sich an, mit der linken Hand über einen Tisch zu streichen? Fühlt man das Leben?«

Janosch überlegt. Er streicht mit der linken Hand über den Sims.

»Ja. Ja, man fühlt das Leben.« Er schluckt. Dann zieht er an der Zigarette. Ein roter Punkt glimmt in seinem Gesicht.

»Und wie fühlt es sich an?«

»Es fühlt sich eben nach Leben an!« sagt er. »Im Grunde nicht anders, als wenn man mit der rechten Hand darüber streicht.«

»Aber es ist doch toll, oder nicht?« möchte ich wissen.

»Ich habe nie darüber nachgedacht«, entgegnet Janosch. »Aber genau das ist es eben: Leben heißt soviel wie *nie darüber nachdenken.*«

»Nie darüber nachdenken?« wiederhole ich empört. »Glaubst du wirklich, niemand denkt darüber nach, was wir gerade machen?«

»Hier unten bestimmt nicht«, erklärt Janosch. »Wenn schon, dann oben. Und wer weiß, vielleicht hat unser guter Freund Kugli mit seinem bärtigen Mann im Himmel am Ende doch noch recht.«

»Würdest du das später für ihn wiederholen?« frage ich.

»Natürlich nicht«, antwortet Janosch. Wir schweigen. Draußen beginnt es wieder zu schneien.

»Ich will nicht behindert sein«, flüstere ich. »Nicht so.«

»Wie dann?« Janosch schaut mich fragend an.

»Ich möchte wissen, was ich bin«, antworte ich. »Alle wissen es: Ein Blinder kann sagen, er ist blind; ein Tauber kann sagen, er ist taub; und ein Krüppel kann verdammt noch mal sagen, er ist ein Krüppel. Ich kann das nicht. Ich kann nur sagen, ich bin halbseitengelähmt. Oder ich bin ein Halbseitenspastiker. Wie hört sich das denn an? Die meisten Menschen halten mich ohnehin für einen Krüppel. Und die wenigen anderen halten mich für einen ganz normalen Menschen. Und ich kann dir sagen, das bringt manchmal noch viel mehr Probleme mit sich.«

»Scheiß dir nicht in die Hosen«, erwidert Janosch. »In meinen Augen bist du weder behindert noch normal. In meinen Augen bist du … *crazy*.« Janosch lacht. »Ja genau, das ist es – du bist nicht behindert, sondern *crazy*.«

»*Crazy*?« frage ich.

»*Crazy*«, antwortet er.

Nun lachen wir gemeinsam. Es tut gut. Wir lachen lange.

»Zu welchem Mädchen möchtest du eigentlich gehen?« frage ich, als wir uns wieder beruhigt haben. »Doch sicher zu Malen, oder?«

»Natürlich zu Malen«, antwortet er. »Meinst du zu Florian? Sicher nicht. Malen liegt in einem Dreierzimmer. Die anderen zwei Weiber könnt ihr haben.«

Janoschs Blick wird melancholisch. Ich sehe die Liebe in seinen Augen. Jetzt werde ich es ihm wohl sagen müssen. Jetzt ist die Zeit. Hoffentlich wird er gut darauf reagieren. Ich beginne. Dabei hebe ich meine Stimme: »Ich muß dir leider etwas gestehen«, fange ich an.

»Was denn?« fragt er.

»Ich glaube, ich stehe auch auf Malen.« Ungeniert fange ich plötzlich wieder an zu lachen. »Bringst du mich nun um?« frage ich.

Da kichert Janosch ebenfalls. Fast noch lauter als vorhin. »Quatsch.«

»Quatsch?« wiederhole ich freudig. »Ist dir das egal?«

»Nein. Natürlich ist mir das nicht egal. Aber du solltest wissen, daß in diesem Schloß mindestens hundertfünfzig Typen auf Malen stehen. Da kommt es auf einen mehr oder weniger nicht an. Außerdem bist du nur ein Früchtchen.

Wenn auch ein *crazy* Früchtchen.« Nun kommt er aus dem Lachen nicht mehr heraus. Er hält sich den Bauch. Immer häufiger gluckst er, woraufhin ich ihn höhnisch nachahme. Seine Augen rollen. Erst als er an den Fenstersims tritt, beruhigt er sich wieder. Dann holt er zwei Dosen Warsteiner Bier aus seinem Schrank. Die eine trinkt er in einem Zug leer. Die andere stellt er mir hin.

»Und wie sehe ich aus?« möchte er wissen.

»Gut«, antworte ich.

Da steht er also vor mir. Mein Zimmerkamerad. Janosch Schwarze. Sechzehn Jahre alt. 9. Klasse. Gymnasium. Manche sagen, er sei gut in Mathematik. Vielleicht sollte ich bei ihm Nachhilfe nehmen. Doch das ist jetzt nicht das Thema. Außerdem sind wir die falsche Konstellation. Das sagt Herr Landorf. Wahrscheinlich machen wir es trotzdem. So sind wir halt.

Wie sagte Janosch noch gleich? Genau: Leben heißt soviel wie *nie darüber nachdenken*. Also tun wir es auch nicht.

4

»Sag was!«

»Was soll ich denn sagen?«

»Sag irgend etwas!«

Janosch liegt im Bett und hat sich die Decke über den Kopf gezogen. Immer wieder lugen seine blauen Augen daraus hervor. Ich sitze am Rand des Bettes. So, daß er seine Füße ausstrecken kann. Wie er es gerne hat. Wir müssen noch warten. Zwanzig Minuten vielleicht. Dann werden sie kommen. Ich bin ein wenig aufgeregt. Ich fürchte mich vor den dunklen Gängen und den Schritten auf dem Holzbelag. Immerhin müssen wir weit laufen. Wenn Janosch mich nicht verarscht hat, gilt es sogar die Feuerleiter zu überwinden, um in den einen Stock höher gelegenen Mädchengang zu gelangen. Alle Türen sind nämlich um diese Zeit versperrt. Das heißt, wir müssen durchs Fenster. Eine Routinearbeit für einen Krüppel wie mich. Janosch hat das Fenster am Abend extra geöffnet. Ich wünschte, ein Erzieher würde es noch schließen. Doch das machen sie nicht. Da ist sich Janosch sicher. Er schläft schon fast. Ich muß ihn wecken. Er hat es selbst gesagt. Zwanzig Minuten vor Beginn der Aktion ist der Schlafdrang am stärksten. Als Mann muß man das überwinden, hat Janosch erklärt. Noch dazu, wenn man Mädchen trifft. Auch mir fallen schon fast die Augen zu. Ich versuche, zwei Zigaretten anzuzünden. Ausnahmsweise gelingt es mir mal. Janosch richtet sich auf. Auf seiner Bettdecke liegt ein *Playboy*-Heftchen. Zwei Tussis von der

Popgruppe *Mr. President* haben sich ausgezogen. Sie sehen nicht schlecht aus. Wir beschäftigen uns damit.

»Möchtest du mal Kinder haben?« frage ich Janosch, während ich die Brüste von *Danii* und *T* ins Visier nehme.

»Auf alle Fälle will ich Sex haben«, antwortet Janosch.

»Und wenn ich mal ein Kind habe, dann darf es auch Sex haben. Ich will Sex haben, und mein Kind darf auch Sex haben.« Er lacht.

»Janosch, ich meine es ernst«, sage ich streng.

»Natürlich will ich ein Kind haben«, entgegnet er. »Wenn es geht sogar zwei.« Er zieht an seiner Zigarette. »Ich mag Kinder. Ich will wissen, wie es ist, wenn dein Sohn schwankend auf dich zukommt und lallend sagt: *Papa – ich bin nicht blau. Du kannst mir hundertprozentig vertrauen.*«

»Sag bloß, das ist dir passiert?« frage ich.

»Natürlich ist mir das passiert«, antwortet er. »So etwas passiert mir immer. Kann es sein, daß ich deswegen so ein gutes Verhältnis zu meinen Eltern habe?«

Schon wieder fängt Janosch zu lachen an. Es ist das typische Janosch-Lachen. Ein Schwall. Ein Keuchen. Die Augenlider zittern. Er grunzt. Nur wirkt es diesmal ein wenig müde. Wir vertiefen uns wieder in das *Playboy*-Heft. Früher hingen in unseren Zimmern Superhelden. Nun hängen in unseren Zimmern Supertitten. Im wesentlichen sind wir kleine Jungen geblieben.

Ich muß an meinen Vater denken. Ein gütiger Kerl. Sechzehn Jahre lang ist er schon mein Vater. Und noch immer verstehe ich ihn nicht. Er ist Hobby-Astronom oder so. Zumindest sagt er das. Bei seiner Mutter draußen auf dem Land hat er sich eine Sternwarte gebaut. Sie ist nicht groß. Eine kleine schwarze Holzhütte auf dem Garagendach meiner Großmutter. Trotzdem ist sie gemütlich. Manchmal nimmt er mich nachts mit raus. An Wochenenden und Feiertagen. Dann unterhalten wir uns über das Leben. Ich verstehe nur wenig von dem, was er sagt. Er redet mit mächtigen Worten und Fachausdrücken.

Aber ab und an ahne ich, was er meint, zum Beispiel, wenn er von *seinem* Vater erzählt. Der hat manchmal große Schmerzen. Er raucht ziemlich viel. Der Krebs frißt ihm die Lunge auf. Und manchmal hat mein Vater einfach nur Streit mit meiner Mutter. Auch dann ahne ich, wovon er spricht. Und ich verstehe ihn. Mein Vater meint es gut mit mir. Das weiß ich. Und ich glaube, schon allein das ist ein Grund, es wiederum gut mit ihm zu meinen. Er liebt die *Rolling Stones*. Eine Rockgruppe aus vergangener Zeit. Jedes Mal, wenn sie auf Tour sind, nimmt er mich mit. Er hat die Hoffnung, ich könnte Gefallen an der Musik finden. Das tue ich nicht. Aber ich finde es trotzdem toll. Ich freue mich für meinen Vater. Weil er sich freut. Und ich freue mich dafür, daß wir uns zusammen freuen. Das ist gut so. Ich glaube, heute nacht ist klarer Himmel.

»Ich würde jetzt gerne mit *Victoria* von den *Spice Girls* ficken«, sagt Janosch. Er deutet mit dem Finger auf ein Photo der Popband im *Playboy*. »Die hat tolle Brüste.«

»Mit den Brüsten von *Victoria* kenne ich mich nicht aus«, werfe ich ein.

»Der dicke Felix auch nicht«, gibt Janosch zur Antwort. »Und trotzdem redet er immer davon. Mach dir da mal keine Sorgen.«

In diesem Augenblick öffnet sich die Türe. Ein breites Gesicht schaut herein. Es gehört unzweifelhaft dem dicken Felix. Der blonde Haarschopf ist unverkennbar. Die dicken Backen ebenfalls. Sein voluminöser Körper steckt in einem blauen, enganliegenden *Pumuckl-Pyjama*, aus dem sich langsam, aber sicher die Wampe hinauszwängt. Seine Augen sind klein. Vom Schlaf gezeichnet.

»Habe ich etwas verpaßt, ihr Penner?« fragt er.

»Nur *Victoria* von den *Spice Girls*«, antwortet Janosch.

»*Victoria* von den *Spice Girls*?« schnaubt der dicke Felix. »Wo?«

»Hier!« Janosch hebt das *Playboy*-Heft. Schnellen Schrittes wackelt Felix darauf zu. Hinter ihm treten Florian, Troy und der dünne Felix in das Zimmer. Sie gehen auf Zehenspitzen. Niemand darf sie hören. Nächtliche Aktivitäten werden bestraft.

»Die hat vielleicht tolle Brüste«, sagt Kugli strahlend und hebt das Heftchen in das schimmernde Licht der Nachttischlampe.

»Davon hast du keine Ahnung«, entgegnet Janosch. »Außerdem: So eine bekommst du eh nie! Stimmt's, Jungs?« fragt Janosch. »So eine bekommt er doch eh nie, oder?«

»Nein«, erwidern die anderen. »So eine bekommt er eh nie.«

»Ich weiß«, antwortet der dicke Felix. »Deswegen hasse ich mich auch so.«

Janosch lacht. »Normalerweise hassen sich Jugendliche nur aus zwei Gründen«, sagt er. »Entweder sind sie zu fett, oder sie hatten noch nie Geschlechtsverkehr. Felix, glaub mir! Ich verstehe, warum du dich haßt.«

Kugli hat genug. Mit Anlauf wirft er sich auf Janoschs Bett. Ein lauter Schmerzensschrei ertönt. Decken und Kissen werden durcheinandergeworfen. Es beginnt eine kleine Keilerei.

Der dicke Felix hat kaum eine Chance. Schon bald hat ihn Janosch in den Schwitzkasten genommen. Aber er gibt noch nicht auf. Mit den Beinen versucht er Janosch an die Wand zu pressen. Dabei lupft er seine Beine über seinen eigenen Oberkörper hinweg. Es sieht hilflos aus. Er zappelt. Sein Gesicht bleibt im verborgenen. Der dicke Hintern nicht. Man sieht ihn gut. Fast sprengt er die Pyjamahose. Es dauert nicht mehr lange. Nach zwei Minuten Kampf reißt das Gummiband. Die Hose rutscht herunter, und uns wird ein nackter Arsch demonstriert. Janosch, Troy, die anderen und ich lachen. Die beiden Streithähne gehen auseinander.

»Du könntest gut und gerne Sumo-Ringer werden«, sagt Janosch. Er sammelt gerade sein Bettzeug wieder auf.

»Das glaube ich auch«, antwortet Felix. »Aber nur, wenn du Toiletten-Frau wirst.« Dabei grinst er. Seine Pyjamahose hält er mit dem Mittel- und Zeigefinger der rechten Hand auf Hüfthöhe.

»Kann mir vielleicht jemand von euch Trotteln sagen, wie ich damit die Feuerleiter hinaufklettern soll?« Er deutet mit der linken Hand auf seine Hose.

»Du bist doch erwachsen«, entgegnet Janosch höhnisch. »So etwas mußt du doch können! Und als Sumo-Ringer schon gleich zweimal. Kugli, streng dich gefälligst an!«

»Keine Sau hat mich gefragt, ob ich erwachsen werden will«, antwortet Felix. »Als Junge hat man es viel einfacher. Oder nicht, Jungs?«

»Halt's Maul«, antwortet Janosch. »Wir sind hier nicht beim Psychologen. Wir reden von Bier und Sex. Und nicht darüber, daß wir Kinder bleiben wollen.«

»Ich bin aber müde«, sagt Florian, den alle nur *Mädchen* nennen.

»Dich hat keiner gefragt«, antwortet Janosch. »Ihr habt gesagt, ihr seid dabei, also seid ihr auch dabei! Habt ihr das Bier?«

»Troy hat es!« sagt der dünne Felix. »Er hat große Taschen. Außerdem singt er nicht.«

»Der redet ja nicht einmal. Wie soll er dann singen?« fragt Janosch.

»Weiß ich auch nicht«, entgegnet Florian. »Auf alle Fälle hat er das Bier.«

Janosch seufzt.

»Gut«, flüstert er. »Dann haben wir alles. Wie steht's mit dir, Benni?«

»Schon bereit!«

*

So geht es also los. Wieder einmal eine im Grunde sinnlose Aktion. Wieder einmal wir sechs. Janosch sagt, diese sinnlosen Aktionen würden uns auszeichnen. Und wenn ich mich so umschaue, glaube ich, er hat recht. Da laufen sie nämlich. Die sinnlosen Aktionen in Person. Da wäre zum einen Florian, den alle nur *Mädchen* nennen. Er trägt ein rotbraunes Pyjamaoberteil und eine weiße Unterhose. Seine nackten Füße patschen über den Linoleumboden. Laut Janosch war er schon oft bei Nacht im Mädchengang. Er sei dort oben sehr beliebt. Er habe ein Auge auf Anna geworfen oder so. Malens Freundin. Er wirft sehr oft ein Auge auf jemanden, sagt Felix. Manchmal sogar dreimal die Woche. Allerdings ohne Erfolg. Er sei immer nur der treue Kumpel. Nie der richtige Lover. Das würde ihn tierisch aufregen. Aber das hindere ihn nicht daran, es trotzdem zu versuchen. Entsprechend der Janosch-Maxime.

Neben ihm läuft der dicke Felix. Es heißt, er gehe nur sehr selten mit in den Mädchengang. Er könne nicht mit Mädchen sprechen, meint Janosch. Seine Augen würden überquellen, und er spräche nur mehr von sinnlosen Dingen. Von Fußball zum Beispiel. Janosch ist sicher, daß Fußball die Mädchen abtörnt. Irgendwie so, als würde man von Pestiziden sprechen. Deswegen lassen die anderen Felix immer recht viel trinken. Wenn er trinkt, schläft er bald. Und wenn er schläft, redet er keine Scheiße, sagt Janosch. Extra für die Feuerleiter hat Felix eine Wäscheklammer bekommen. Er klemmt sie sich an die Pyjamahose. Wenn er läuft, bewegt sie sich rhythmisch mit. Das sieht seltsam aus. Als hätte er eine Maus versteckt.

Hinter ihm laufen der dünne Felix und Troy. Die zwei großen Unbekannten. Niemand weiß viel über sie. Bei Troy heißt es sogar, er hätte sich noch nie in ein Mädchen verliebt. Nur die Stille könne er leiden. Seine schwarzen Stoppelhaare sind ein wenig durcheinander. Ansonsten sieht er aus wie immer. Langes, glattes Gesicht. Keine Pickel. Nur ein paar am Hals. Seine Haut ist bleich. Wahrscheinlich hat sie nie die Sonne gesehen. Man sagt, ihm wären die nächtlichen Aktivitäten egal. Er könne eh nicht schlafen. Er würde zwar oft mitkommen, allerdings säße er die meiste Zeit in der Ecke. Nie sage er ein Wort. Es habe sich auch noch nie jemand für ihn interessiert. Er sei einfach da. So wie der Mond oder die Sterne. Der dünne Felix ist auch zum ersten Mal dabei. Wie ich. Und wie ich ist er aufgeregt. Man sieht es ihm an. Seine nackten Beine zittern. Er trägt nur gemusterte Shorts. Auch sein Oberkörper ist frei. Felix ist sehr muskulös. Sein Bauch ein Waschbrett. Auf Malen muß das anziehend wirken, denke ich. Der Junge hat bestimmt viel mehr zu bieten als ich.

Wobei wir schon beim Vorletzten unserer Runde angelangt wären: beim guten Janosch. Auch er hat sein Pyjamaoberteil im Zimmer gelassen. Schließlich muß er ja mithalten können. Er trägt nur seine weinrote Hose. Sie ist ein wenig nach oben gekrempelt. Man sieht seine kräftigen Waden. Von Charlie, einem Schüler aus der Landorf-Gruppe, hat er sich eine Brille geborgt. Damit will er intelligenter wirken. Ich weiß nicht, ob ihm das gelingt. Es ist eine schmale Brille mit viereckigen Gläsern. Schwarzes Gestell. Florian meint, wenn es nach Janosch ginge, wären wir jede Nacht im Mädchengang. Er liebe den Spaß. Den Kick. Außerdem hoffe er darauf, endlich einmal Malens Brüste zu sehen. Sie soll es ihm versprochen haben. In einer Nacht. Als er alleine nach oben gelaufen ist. Der dicke Felix sagt, das sei alles Quatsch. Niemand hätte ihm das versprochen. Vor lauter Titten sehe er die Realität nicht mehr. Titten müsse man sich erarbeiten, sagt Felix. Die bekäme man nicht einfach so in die Hand gedrückt. Und ein kleiner, blondierter Junge mit Mondgesicht und herabhängenden Wangen schon gleich gar nicht. Das wäre unmöglich. Trotzdem sei Janosch der Anführer. Und ein Großer sogar. Er würde das Rudel zusammenhalten. Ihnen allen wenn nötig in den Arsch treten, meint Felix. Und darin sei er richtig gut. Das könne er. Neben ihm, dicht an die Seite gedrückt, läuft der letzte im Bunde: ich selbst. Vorsichtig setze ich den linken Fuß vor den rechten. Mit dem Fingernagel ritze ich an der Wand entlang. Es ist ziemlich dunkel. Ich fürchte mich ein wenig. So etwas habe ich noch nie gemacht. Nachtaktivitäten sind sowieso nicht mein Ding.

Da schlafe ich lieber. Janosch sagt, ich sei ein Langweiler. Schlafen könne ich noch, wenn ich tot bin. Außerdem würde ich ja Malen sehen. Und wenn ich Malen sähe, verginge mir das Schlafen, meint Janosch. Wahrscheinlich hat er recht. Ich sehe Malens freundliches Lächeln vor mir. Das Haar. Die Augen. Ob es sie freut, daß ich komme? Gut möglich, daß sie schlafen will. Das könnte ich ihr nicht übelnehmen. Ich muß an mein Bett denken. Und an meine Eltern. Die jetzt schlafen. Meine Mutter träumt bestimmt von mir. Da bin ich sicher. Das ist immer so, wenn ich fort bin. Wahrscheinlich fragt sie sich, ob ich friere oder so. Sie überlegt bestimmt, ob ich die Tagesdecke eingepackt habe. Die braune mit den weißen Streifen. Sie fragt sich vermutlich auch, ob ich das Fenster zugemacht habe. Sonst könnte ich ja einen Schnupfen bekommen. So ist sie. Meine Mutter. Stets in Sorge um mich. Wahrscheinlich bin ich deshalb so weich. Bei einem normalen Kind ginge das ja noch. Irgendwie könnte es das ausgleichen. Mit Freunden. Mit Alkohol. Mit Spaß. Aber wenn du eh schon behindert bist, ist das schwer. Da neigst du dazu, dich unter dem Rock der Mutter zu verstecken. Ruhen. Atmen. Schlafen.
Ja, ich würde sagen, ich bin ein richtiges Mutterkind. Ein billiges. Ich habe nur meine Schwester. Die mich ab und an mit nach draußen zieht. In die Nacht. Und ich habe Janosch. Der sagt, ich soll mir nicht in die Hosen scheißen. Beide brauche ich wohl, um dann irgendwann alleine zu stehen. Genauso, wie ich meine Mutter brauche. Die ich liebe. Es klingt bescheuert. Aber ich glaube, das nennt man Erwachsenwerden. So sagt man jedenfalls.
Wieder setze ich meinen linken Fuß vor den rechten. Die anderen fünf Jungen sind schneller als ich. Ihr Gang ist

rasch und geschmeidig. Da komme ich nicht mit. Ich gehe langsam. Eher ist es ein Hinterdreinschleifen. Mein linker Fuß schleift gern. Ich kann ihn nicht richtig in die Höhe heben. Habe nicht genug Kraft. Ich bin barfuß, trotzdem macht das Schleifen Lärm. Es hallt durch den gesamten Hurenflur. Janosch dreht sich zornig um. Falten bilden sich auf seiner Stirn. Doch dann erkennt er die Problematik. Schnell kommt er zu mir zurückgelaufen.

»Ich nehme dich auf den Rücken«, sagt er entschuldigend. »Es wird zu laut.«

»Es wird zu laut?« frage ich.

»Ja«, antwortet er. »Landorf hört uns. Ich werde dich tragen. Außerdem bist du sowieso langsamer als wir.« Alle stimmen ihm zu. Selbst der dicke Felix.

»Trägst du mich auch?« fragt er an Janosch gewandt.

»Um eine neue Foltermethode auszuprobieren?« fragt dieser.

»Nein. Um mich zu tragen«, gibt Felix zur Antwort.

»Schau erst einmal, daß du deine Hose richtig trägst«, flüstert Janosch.

Er deutet auf die Wäscheklammer an Felix' Pyjamahose. Dann dreht er sich um und geht in die Knie. Ich stehe nun hinter ihm. Mit einem Schmunzeln blicke ich an mir herunter. Ich trage den pechschwarzen Pyjama von meinem Vater. Er dürfte an die zwanzig Jahre alt sein. *When the going gets tough, the tough gets going* ist darauf zu lesen. Eine uralte Rockweisheit. Mein Vater liebt sie. Schon seit Ewigkeiten. Wenn das mal kein Zufall ist. Meine Haut ist ein wenig feucht. Ich zittere. Ich habe einen widerlichen Geschmack auf der Zunge. Zu Mittag gab es Linseneintopf. Vielleicht sind es aber auch die Vanillecroissants vom Abend. Ich glaube, ich habe zu viele von ihnen gegessen.

Ich zwänge meine Beine um Janoschs Hüften. Rechts ist das kein Problem. Doch links macht es Schwierigkeiten. Es dauert. Felix und die anderen helfen mir. Janosch muß noch etwas in der Hocke warten. Dann erhebt er sich. Durch den kleinen Ruck werde ich in die Luft geschmissen. Ich falle fast. Schnell lege ich den rechten Arm um Janoschs Hals. Wir marschieren weiter. So laufen wir also. Wir sechs. Die Nacht. Der Hurenflügel. Der Mond. Auf dem Rücken von Janosch läßt es sich aushalten. Besser, als wenn ich laufen müßte. Es geht sehr schnell. Es ist nur ein wenig holprig. Ich muß aufpassen, daß ich mir nicht den Kopf anschlage. Die Decken im Landorf-Gang sind sehr niedrig. Mit einem Sprung kann man sie vom Boden aus erreichen. Janosch bückt sich extra. Er schwitzt ein wenig. Doch alles in allem steht er es durch.

Ein Mann muß das eben abkönnen, sagt er. Die beiden Felixe zwinkern sich zu. Sie grinsen. Florian geht neben den beiden her. Es sieht aus, als würde er unterwegs einschlafen. Troy bildet das Schlußlicht. Sein Gesicht ist ausdruckslos. Die Bierdosen hat er sich unter sein Pyjamaoberteil gesteckt. Man sieht sie selbst bei diesen Lichtverhältnissen gut. Sie verursachen eine ganz schöne Wölbung. Aber das scheint ihn nicht zu interessieren. Ich bin müde. Meine Augenlider rutschen tiefer und tiefer. Ich muß an mein Bett denken. An Malen. Und an meine Eltern. Die jetzt schlafen.

5

»Machen eigentlich alle Jugendlichen so einen Scheiß?« fragt der dicke Felix, als wir den Landorf-Gang durchquert haben.

Wir waren dabei extra leise. Janosch sagt, der Erzieher würde um diese Zeit manchmal noch Computer spielen. Es heißt, er habe ein Faible für Poker. Aber das ist nur ein Gerücht.

»Was für einen Scheiß meinst du denn?« fragt Janosch.

»Wir gehen nachts zu den Mädchen«, gibt Felix zur Antwort. »Und das noch über die Feuerleiter! Wißt ihr eigentlich nicht, was für eine Strafe auf die unzweckmäßige Benutzung dieser Feuerleiter folgt?«

»Keine Ahnung«, sagt Janosch. »Wir haben das doch schon tausendmal zusammen gemacht. Was regst du dich auf? Wir sind Helden. Hast du das etwa schon vergessen? Dein Namensvetter hat es doch gesagt.«

»Mein Namensvetter ist ein Wichser«, antwortet Felix. »Der weiß doch von nichts.«

»Eben«, sagt Florian, den alle nur *Mädchen* nennen. »Wir wissen *alle* von nichts. Darum sind wir ja Helden. Helden wissen immer von nichts. Und als Helden dürfen wir alles machen. Da hindert uns auch keine Feuerleiter dran.«

»Ist das die Logik der Jugend?« will Kugli wissen.

»Nein. Das ist die Logik der Wichser«, antwortet der dünne Felix.

»Die Logik der Wichser und Helden«, fügt Janosch hinzu.

Ein leises Gekicher hallt durch den Zwischengang. Vielleicht schallt es bis in den Hurenflügel zur Türe des Erziehers. Aber niemand achtet darauf. Wir laufen weiter. Allmählich komme ich mir auf dem Rücken von Janosch lächerlich vor. Es ist, als wäre ich nicht selbständig. Als könne ich nicht alleine laufen. Aber das kann ich. Zumindest konnte ich das immer. Ich sage es ihm jedoch nicht. Er würde nur mal wieder bemerken, daß ich mir nicht in die Hosen scheißen solle. Und darauf habe ich jetzt keinen Bock. Durch das Fenster schaue ich zum Himmel. Eine weite schwarze Fläche. Bestückt mit einzelnen strahlenden Sternen. Es sieht schön aus. Kaum zu glauben, daß manche von ihnen gar nicht mehr existieren. Sie sind schon lange tot. Nur sehen wir es nicht. Das Licht braucht einfach zu lange bis zur Erde. Am Horizont sieht man die Alpen. Man erkennt sie nur als dunkle Gebilde. Sie sind dunkler als der Himmel. Über diese Alpen also soll Hannibal gekommen sein. Mein Geschichtslehrer hat immer davon erzählt. Ich muß zugeben, ich habe viel geschlafen. Geschlafen und geträumt. Es war zu der Zeit, als ich mich gerade in eine Klassenkameradin verknallt hatte. Sie hieß Maria. Sie war unbeschreiblich hübsch und hatte dunkles Haar. Stets trug sie ein enges T-Shirt, das sich nur am Dekolleté von der Haut löste. So, daß jeder in ihren Ausschnitt glotzen durfte. Das war toll. Sie hat gesagt, sie empfinde nichts für mich. Ich sei ihr zu seltsam. Außerdem stehe sie auf Marco. Marco war ein guter Freund von mir. Die beiden kamen zusammen. Einmal trieben sie es auf dem Sommerfest in der Damentoilette. Ich sollte draußen stehen und aufpassen. Das war vielleicht aufregend. Ja, die Jugendzeit ist doch die schönste Zeit von allen, denke ich. Sowohl die Schule als auch das andere Zeug. Man sammelt einfach die besten Erfahrungen. Es stimmt schon, was die Alten sagen. Ich kann mich nicht an eine Zeit erinnern, in der ich nicht verknallt war. Sogar im Kindergarten fand ich die Mädchen toll. Allerdings kann ich mich auch nicht an eine Zeit erinnern, in der ich mit jemandem gegangen wäre. Dazu bin ich zu seltsam, würde Maria sagen. Was zum Teufel *ist* eigentlich seltsam? Ist es seltsam, nachts auf dem Rücken eines Freundes zu den Mädchen zu pilgern? Und dann noch über die Feuerleiter? Und dann noch mit Troy? Und dann noch mit Florian, den alle nur *Mädchen* nennen? Ist es seltsam, daß der dicke Felix eine Wäscheklammer trägt? Damit seine Hose nicht rutscht? Ist Janosch seltsam? Oder ist er nur ein seltsamer Held? Ich wünschte, mir wäre das alles egal. Und ich würde mich wieder für Superhelden interessieren. Die sind einfacher. Mädchen versteht man nämlich nicht so leicht. Ich glaube, *sie* sind seltsam.

Die fünf Jungen bleiben am Ende des Ganges stehen. Vor ihnen liegt ein großes Fenster. Der dünne Felix öffnet es.

»Da sind wir nun«, sagt er.

»Die Feuerleiter?« frage ich.

»Die Feuerleiter«, bestätigt Janosch.

Er bückt sich, um mich runterzulassen. Dabei zappelt er ein wenig. Es sieht aus, als könne er das Gleichgewicht nicht halten. Aber er schafft es. Ich kann absteigen. In meinen Beinen habe ich ein komisches Gefühl. Als wäre ich schon seit Ewigkeiten nicht mehr gelaufen. Mein Rücken ist kalt. Die Hose klebt am Hinterteil. Ich laufe zum Fenster hinüber und betrachte es. Janosch, Florian und die beiden Felixe sind neben mich getreten. Sie starren vor sich hin und rauchen. Rote Punkte glühen in der

Dunkelheit. Troy steht hinten. Man sieht ihn kaum. Ein tiefer Schatten liegt über seinem Gesicht. Ich widme mich wieder dem Fenster. Es gleicht eher einer Glastüre. Da paßt mindestens ein Mann durch. Das muß auch so sein, denn es ist ein Notausstieg. Die Fenstertüre bewegt sich im Wind. Draußen scheint es heftig zu wehen. Der dünne Felix hätte die Türe noch nicht aufmachen sollen. Die anderen rauchen noch. Es ist kalt. Ich rauche jetzt nicht. Das kann ich noch oben tun. Außerdem muß ich aufpassen, daß es langsam nicht zuviel wird. Für einen 16jährigen rauche ich ziemlich viel. *Marlboro* natürlich. Weil ich ein Rindvieh bin. *Camel* rauchen nur Idioten, meint Janosch. Und das sind wir natürlich nicht. Meine Eltern behaupten immer, ich würde nicht rauchen. Die würden sterben, wenn sie es wüßten. Besonders meine Mutter. Sie ist Heilpraktikerin. Sie sagt, jede einzelne Zigarette würde furchterregenden Schaden anrichten. Dabei raucht sie doch selbst. Das verstehe ich irgendwie nicht. Das ist überhaupt so bei meinen Eltern. Sie verbieten mir dauernd Dinge, die sie entweder selbst tun oder schon einmal getan haben. Wahrscheinlich streiten sie sich deswegen so oft. Es ist richtig schlimm geworden in letzter Zeit. Als Sohn kommt man sich dabei so hilflos vor. So leer. Es tut weh. Oft wünsche ich, sie hätten sich getrennt. Dann hätte ich die ganze Scheiße nicht mitbekommen. Aber gleichzeitig bin ich froh, die beiden als Rückhalt zu haben. Als Freunde. Als Familie eben. Wahrscheinlich ist das alles nur Mist. Aber es zehrt an mir. Ich kann es nicht vergessen. Egal, wo ich bin. Ich liebe meine Eltern. Als Paar und nicht getrennt. Ich denke an gemeinsame Ferien und Freude. An Weihnachten. Und ich denke an Streit. An immerwährenden Streit. Manchmal geht es um meine Erziehung. Manchmal um ihre eigene Beziehung. Und manchmal geht es nur darum, wer die verfluchten Getränkekästen zum Markt zurückbringt. Laut meiner Schwester ist das der einzige Grund, warum ich ins Internat gesandt wurde: Damit ich befreit werde von dem Streit. Nun erträgt sie ihn. Allein. Ganz allein.

Bislang habe ich noch nicht zu Hause angerufen. Vielleicht fürchte ich mich vor der weinenden Mutter. Der verzweifelten Schwester. Dem ängstlichen Vater. Als ich noch zu Hause war, versuchte ich immer das Rosige zu sehen. Das schöne Wetter vielleicht. Oder eine gute Fernsehsendung. Das Zusammensein. Oft verschluckte ich den Streit einfach. Auch heute ertappe ich mich noch dabei, daß ich ihn ausblende.

Vielleicht ist das gut. Aber es wird immer schwieriger. Eigentlich ist alles scheiße. Und nun muß ich eine Feuerleiter hinaufklettern. Der Wind bläst mir ins Gesicht, als ich meinen Kopf aus dem Fenster strecke. Meine kurzen Haare werden durcheinandergewirbelt. Der Innenhof ist von einer kleinen Laterne beleuchtet. Sie sei nachts immer an, sagt Florian. Sie würde den Erziehern beim *chekken* helfen. *Checken*, so nennen die Neuseeler Schüler es, wenn sie von einem Erzieher bei einer illegalen Tat erwischt werden. Janosch meint, *gecheckt werden* sei *uncrazy*. Er lacht. Die Feuerleiter befindet sich ein wenig abseits des Fensters. Gerade so, daß man sie mit einem Sprung nach rechts gut erreichen kann. Unterm Strich ist sie also für mich unerreichbar. Ich springe nicht. Schon gar nicht weit. Auch nicht, wenn es brennt. Da verbrenne ich lieber, als daß ich springe.

Janosch, Felix und die anderen schnippen ihre Zigarettenstummel in den Innenhof hinab. Sie treten einen

Schritt vor. Janosch steigt mit dem rechten Fuß auf das Fensterbrett. Zwischen Daumen und Zeigefinger hält er die angebrochene Zigarettenschachtel. Er läßt sie in seine Pyjamahose plumpsen. An seiner rechten Seite zeichnet sich nun ein viereckiges Gebilde ab. Es sitzt gut. Auch bei Bewegung verändert es sich nicht. Janosch ist für den Sprung gerüstet.

»Sind wir nicht *crazy*?« fragt er triumphierend.

»Wir sind nicht *crazy*, sondern bescheuert«, antwortet der dicke Felix erbost. Das alte Lied. Die beiden geraten aneinander. Wie immer.

»Im wesentlichen gibt es zwischen *crazy* und bescheuert doch keinen Unterschied«, flüstert Janosch lachend.

»Ja. Im wesentlichen nicht«, bestätigt Kugli. »Aber im Praktischen schon. Und im Praktischen klettere ich bestimmt nicht wieder diese Feuerleiter hinauf.«

»Ich ... auch nicht«, werfe ich flüsternd ein.

»Aber im wesentlichen macht ihr das schon, oder wie?« will Janosch wissen. Damit hat er uns besiegt. Damit ist es vorbei.

Weitere Argumente zählen nicht. Der Anführer hat uns in den Arsch getreten. Florian tritt neben ihn auf das Fensterbrett. Der dicke Felix versucht immer noch seiner Aufgabe zu entfliehen. Allerdings zerreißt es ihn schon fast vor Lachen:

»Aber wenn meine Hose rutscht?« fragt er verzweifelt.

»Dann bekommt dieser spießige Innenhof endlich mal wieder etwas zu sehen«, entgegnet Janosch. »Das wäre doch toll. Wenn unser Internatsleiter Richter täglich die neuen Schüler anschleift und sie hier herumführt, sagt er ihnen doch auch, daß sie etwas zu sehen bekämen. Also zeig es ihnen!«

Alle lachen nun. Sogar Troy lacht mit. Er ist aus seiner Ecke hervorgetreten.

Unter seinem Pyjamaoberteil versteckt er noch immer das Bier. Es dürfte inzwischen warm geworden sein. Janosch winkt mich zu sich auf das Fensterbrett hinauf. Er meint, wir sollten nacheinander springen. So wie es eben zwei richtige Helden tun. Wenn er erst einmal eine Sprosse der Leiter erreicht hätte, könne er mich ohne Probleme zu sich herüberziehen. Da müßte ich gar nicht richtig springen, meint er. Trotzdem habe ich Angst. Ich kann es nicht erklären. Schweiß bildet sich auf meiner Stirn. Meine Knie zittern. Immerhin geht es da zehn Meter hinab. Janosch springt. Es dauert nicht einmal eine Sekunde. Schon hängt er an der Leiter. Seine Füße tasten nach der untersten Sprosse. Nach gut einer halben Minute steht er sicher. Er winkt.

»Ich habe Höhenangst«, sage ich. »Und wenn ich falle?«

»Du fällst nicht«, antwortet Janosch. »Höchstens in meine Arme. Ich bin hier. Und wenn sogar der dicke Felix seinen Arsch zusammenkneift, dann schaffst du es auch.«

Kugli streckt seinen Kopf durch das Fenster. Seine dicken Wangen sind gerötet.

»Ich kneife gleich noch viel mehr zusammen als nur meinen Arsch«, sagt er. »Aber erst, wenn ich oben bin.«

»Schatzi, das weiß ich doch«, antwortet Janosch. »Eben. Benni, du kannst loslegen!«

Nun gut. Ich springe also. So schwer kann es auch wieder nicht sein. Für kurze Zeit hänge ich in der Luft. Dann ergreife ich Janoschs Hand. Er führt mich sicher zu einer Sprosse. Wir klettern ein wenig nach oben. Florian springt. Er muß Platz haben. Meine linke Seite bereitet jedoch einige Probleme. Hier könnte ich eigentlich gut einfügen, daß ich nie klettere. Wenn ich eine Leiter nur sehe, bekomme ich Panik. Mein linker Fuß verheddert sich oft in den Sprossen. Die Hand verliert gerne den Halt. Je höher ich bin, desto schlimmer wird es. Hier bin ich sehr hoch. Barfuß natürlich. Die Leiter ist aus Stahl. Jeder Schritt auf den runden Sprossen tut weh. Hoffentlich bin ich bald oben. Und das alles nur wegen der Mädchen, denke ich. Da sage noch einer, ich würde sie nicht brauchen. In der zweiten Nacht hänge ich schon verzweifelt an einer Schloßwand, nur um zu ihnen zu gelangen. So muß es sein, sagt Janosch. So wäre es richtig. Man bräuchte die Mädchen einfach. So wie das Licht oder den Sauerstoff. Selbst Kugli bräuchte sie. Warum, wisse niemand. Kugli springt gerade. Mit der einen Hand umklammert er seine Hose, mit der anderen die Sprosse. Er seufzt erleichtert. Ob Troy die Mädchen wohl auch braucht? Er ist nun mit Springen dran. Es scheint kein großes Problem für ihn zu sein. Wir sind komplett. Janosch meint, auch Troy würde etwas für Mädchen empfinden. Das müßte er doch. Es heißt, er fände *Uma Thurman* ganz toll. Dabei hätte die doch gar keine Oberweite, meint Florian. Nur in dem engen Kostüm aus dem *Batman*-Film ginge sie, sagt er. Neben der Feuerleiter hängt ein Schild. Ich klettere gerade daran vorbei. Mit vier silbernen Nägeln ist es in den Stein gehauen. Das Schild selbst ist aus Bronze:

Dies ist eine Feuerleiter, steht darauf geschrieben.

Mißbrauch jeglicher Art wird strafrechtlich verfolgt. Ich schlucke.

Nun gut. Ich bin schon bald oben. Ich sehe das Fenster vom Mädchengang. Janosch hat es fast erreicht. Es ist offen. Die Fenstertüre bewegt sich im Wind. Janosch greift nach dem Fensterbrett.

*

»Ich habe eine Frage«, sagt der dünne Felix, als wir ihn in den Mädchengang ziehen. Er schlottert ein wenig. Malen hin oder her. Vielleicht hätte er sich doch ein wenig mehr anziehen sollen.

»Frag!« sagt Janosch auffordernd. Dabei schiebt er seine Brille auf die Nase zurück. Sie ist ihm beim Klettern ins Gesicht gerutscht.

»Meint ihr, irgend jemand hat diese Aktion verfolgt? Und wenn? Lobt er uns später vielleicht, weil wir so tapfer waren?«

Der dünne Felix meint es ernst. Seine Stimme klingt belegt. Vielleicht schwingt auch ein bißchen Skepsis mit. Aber im Grunde auch viel Wahres. Felix ist klug. Selten höre ich ihn spaßen. Kugli sagt, er sei unser Philosoph. Ich glaube, damit hat er recht.

»An wen denkst du da zum Beispiel?« fragt Florian, den alle nur *Mädchen* nennen.

»An Gott vielleicht«, antwortet Felix. »Meint ihr, jemand von da oben sieht uns?«

»Niemand sieht uns«, antwortet Florian.

»Aber warum machen wir dann die ganze Scheiße?« will Felix wissen.

»Vielleicht gerade, weil niemand uns sieht«, gibt das *Mädchen* zur Antwort.

»Aber müßten wir dann nicht alle tierische Angst vor dem Leben haben?« erkundigt sich Felix.

»Haben wir doch auch«, antwortet Janosch. »Jeder Schritt ist schwierig.«

»Dafür hingst du vorhin aber ziemlich lässig an der Leiter«, antwortet Kugli.

»Ich werde nicht alles erreichen, was ich will, aber ich werde alles probieren, was ich kann«, entgegnet Janosch.

»Was hat das mit der Angst vorm Leben zu tun?« erwidert Kugli.

»Das hat viel mit der Angst vorm Leben zu tun«, antwortet Janosch. »Ich weiß auch nicht, warum. Das dauernde Gefühl, etwas erreichen zu wollen vielleicht.«

»Hast du denn schon etwas erreicht?« frage ich.

»Also hör mal!« antwortet Janosch. »Ich bin gerade mit Kugli und dir die Feuerleiter raufgeklettert. Und du sagst, ich hätte noch nichts erreicht.«

»Das meinte ich doch gar nicht«, erwidere ich.

»Was meintest du dann?«

»Ob im Leben noch etwas auf dich wartet!« antworte ich streng.

»Lebert – ich bin sechzehn Jahre alt. Nicht dreihundertvier. Auf mich wartet noch vieles. Siehst du dieses Zimmer dort vorne mit der Aufschrift: *Malen Sabel, Anna März und Marie Hangerl*?«

»Ja«, erwidere ich.

»Das wartet als Nächstes auf mich! Und morgen wartet wieder etwas anderes. Französisch zum Beispiel. Oder Mathe. So ist die Jugend.«

»Die Jugend ist scheiße«, antwortet Kugli. »Man hat viel zuwenig Zeit. Immer muß man etwas machen. Warum eigentlich?«

»Weil man es sonst auf morgen verschieben würde«, antwortet der dünne Felix. »Man kann das zu Erledigende aber nicht auf morgen verschieben. Während man es aufschiebt, geht das Leben vorüber.«

»Wo steht so etwas?« fragt Florian.

»In Büchern, denke ich«, antwortet Felix.

»In Büchern?« fragt Florian. »Ich dachte, in Büchern steht, wann der Zweite Weltkrieg war oder so. Oder was der Unterschied zwischen einem Haupt- und einem Nebensatz ist.«

»Ja«, antwortet Felix. »Das steht auch in Büchern. Aber in manchen Büchern steht einfach, wie das Leben so ist, glaube ich.«

»Und wie ist das Leben?« fragt Kugli.

»Anspruchsvoll«, antwortet Felix.

Ein großes Grinsen macht die Runde.

»Sind wir auch anspruchsvoll?« will Janosch wissen.

»Das weiß ich nicht«, erwidert Felix. »Ich glaube, wir befinden uns gerade in der Phase, wo wir noch den Faden finden müssen. Und wenn wir den Faden gefunden haben, sind wir auch anspruchsvoll.«

»Das verstehe ich nicht«, bemerkt Florian entrüstet. »Was sind wir denn, bevor wir anspruchsvoll sind?«

»Vorher sind wir, so glaube ich, Fadensuchende. Die ganze Jugend ist ein einziges großes Fadensuchen.«

»Die Jugend ist trotzdem scheiße«, antwortet Janosch. »Obwohl ... Ich glaube, ich suche noch lieber den Faden, als daß ich anspruchsvoll sein will. Das Leben ist zu kompliziert.«

»Ja«, antwortet Florian. »Aber Mädchen sind geil.«

»Stimmt«, wirft Janosch ein. »Mädchen sind geil. Aber manchmal sind sie noch komplizierter als das Leben an sich.«

»Sind Mädchen nicht das Leben?« fragt Kugli.

»Bestimmt ein Teil davon«, antwortet Florian.

»Welcher Teil denn?« fragt Kugli.

»Der vom Hals bis zum Bauchnabel«, gibt Florian zur Antwort.

»Ist das Leben weiblich?« fragt der dünne Felix.

»Aber sicher doch«, entgegnet Kugli.

Janosch greift sich ein paar Bierdosen aus Troys Pyjama-oberteil. Er will sie den Mädchen präsentieren. Gleich wenn er ins Zimmer kommt. Er will zeigen, daß es eine Mordsarbeit war, sie nach oben zu bringen. Janosch meint, Malen stehe auf Jungs, die schwierige Taten vollbringen. Das fände sie sexy. Ich kann ihr damit wohl nicht dienen. Und der gute Troy jetzt auch nicht mehr. Er stellt die vielen Dosen auf dem Parkettboden ab. Der ist dunkelbraun und aus tellergroßen Rechtecken konstruiert. Man hört jeden Schritt. Aber die Erzieherin wohnt am anderen Ende des Flurs. Sie würde uns nicht bemerken, meint Florian. Janosch klopft an die Zimmertüre. Es ist ein leiser, pochender Klang. In dem großen Korridor verhallt er fast. Der Mädchengang ist größer als der Hurenflügel. Sechzehn Zimmer gibt es hier. Alle liegen dicht nebeneinander, in einer Reihe. Kugli meint, die Erzieher täten sich beim *checken* hier immens schwer. Zu viele Zimmer gäbe es. Sie seien zu groß. Schränke und Nischen böten hervorragenden Unterschlupf. Selbst für tausend Erzieher wäre es schwierig, meint er. Janosch klopft ein zweites Mal. Diesmal fester. Von drinnen ertönt eine gedämpfte Stimme. Unverkennbar ist es Malens Stimme: »Wir warten doch schon«, sagt sie. »Kommt herein!«

Janosch lacht. Seine Augen funkeln. Er trinkt einen Schluck Bier. Der dicke Felix stößt ihn mit der Schulter an. Die beiden haben kurzen Blickkontakt. Aufmunternd legt Janosch seinen Arm um ihn. Dann betritt er das Zimmer. Die anderen stürzen ihm nach. Sie sind aufgeregt. Sogar Troy scheut keine Eile, in das Zimmer zu gelangen. Ich hingegen warte noch. Ich bleibe auf dem Mädchengang stehen. Langsam wippe ich vom rechten auf den linken Fuß. Dabei betrachte ich die Wände. Sie sind weiß. Unsagbar weiß. Viele Bilder hängen hier. In großen, viereckigen Glasrahmen. Sie zeigen Photos aus fünf bewegten Internatsjahren. Zumindest lese ich das so. Es sind Bilder der Freude und der Trauer. Ein Dutzend vielleicht. Auf einem erkenne ich Malen, die auf einem Snowboard ein Hindernis nimmt. Ihre langen blonden Haare flattern in der Luft. Sie lächelt gequält. Ich frage mich, ob sie wohl glücklich ist. Ob überhaupt ein Internatsschüler glücklich ist. Janosch sagt, niemand wäre hier glücklich. Sie kämen alle aus unbequemen Familiensituationen. Oder sie seien einfach nur steinreich. Und die seien meist noch unglücklicher.

In den Internatsprospekten müßten sie alle lachen, sagt er. Das sei immer so. Lachen, damit später weitere Unglückliche in Prospekten lachen dürfen. So sei es eben im Internat. Seit Jahrhunderten schon.

»Will der Neue etwa nicht zu uns kommen?« klingt es vom Zimmer auf den Gang hinaus. Ich schicke mich an, ins Zimmer zu gehen. Ich will nicht, daß sie böse werden oder so. Außerdem will ich nicht, daß sie wieder auf den Gang hinausbrüllen. Das wird auf Dauer gefährlich, glaube ich.

»Natürlich will er kommen«, ertönt die Stimme Janoschs. »Er war schon den ganzen Abend ganz heiß darauf. Er wollte sogar die Feuerleiter hinauf. Da konnten wir sagen, was wir wollten.«

Ich betrete das Zimmer. Es ist ungefähr doppelt so groß

wie das meinige. Drei Betten stehen hier. Sie sind auf die gesamte Fläche verteilt. Sogar einen kleinen Herd gibt es. Auf dem Boden liegt Parkett. Wie auf dem Gang. Nur ein wenig heller. Die tellergroßen Rechtecke sind die gleichen. Drei Fenster gibt es hier. Bei Tag muß es ungeheuer hell sein. Vor jedem Fenster steht ein hölzerner Bauernschreibtisch. Alle drei haben die gleiche Farbe wie das Parkett. Ebenso die drei großen Schränke, die neben den Schreibtischen stehen. An der Wand hängen Poster. Man kann sie gar nicht mehr zählen, so viele sind es. Alle zeigen sie entweder einen mit Muskeln bepackten Typen, der irgend so 'ner Tussi den BH ausschleckt, oder sie zeigen *Leonardo DiCaprio*. Ich hasse Leonardo DiCaprio. Dabei kann er eigentlich gar nichts dafür. Er wird von allen Frauen geliebt. Das reicht schon. Soviel Mann muß man schon sein, um da eifersüchtig zu werden. Ist doch klar.

6

Die anderen machen es sich auf dem Boden bequem. Die Mädchen haben extra eine blaue Wolldecke ausgebreitet. Sie paßt gut zum Parkettboden. Da sitzen sie nun. Die beiden Felixe, Janosch, Troy und Florian. Malen, Anna und diese Marie sitzen daneben. Sie haben schon eifrig gebechert, glaube ich. Mindestens drei leere Weinflaschen rollen über den Boden. Dazu noch eine kleinere *Baccardi O*. Nun trinken sie Bier. Malen hat schon ihr zweites, glaube ich. Janosch meint, die Mädchen würden überhaupt viel trinken. Oft gebe es im Mädchengang Saufpartys. Das fänden sie lustig. Ich muß zugeben, daß ich sehr wenig trinke. Ich habe immer das Gefühl, mir könnte dabei etwas abhanden kommen. Etwas, das ich vielleicht brauchen könnte. Mein Verstand vielleicht. Keine Ahnung, warum. Aber heute trinke ich. Diese Marie bittet mich, Platz zu nehmen. Schnell habe ich ein Bier in der Hand. Ich betrachte sie. Sie hat ein rundes Gesicht. Giftgrüne Augen. Ihre Haut ist ein wenig gebräunt. Das lange, dunkelbraune Haar hat sie nach oben gesteckt. Ihre Lippen sind voluminös. Extra für diesen Abend hat sie sie wohl blutrot angestrichen. Vielleicht ist es auch der Wein. Die Zähne sind weiß. Keinen einzigen Flecken erkennt man darauf. Ihre Wimpern hat sie mit Tusche bearbeitet. Die Augenlider mit Lidschatten. Sie ist sehr dünn. In dem pechschwarzen Nachthemd verliert sie sich fast. Ihre Brüste sind groß. Soweit ich das beurteilen kann. Das Nachthemd gibt wenig Ein-

sichten. Aber ich werde noch auf ihre Brüste zurück-
kommen.

»Wie gefällt es dir hier?« fragt sie.

»Wie hat es *dir* an deinem zweiten Tag gefallen?« frage
ich.

»Dies ist mein zweiter Tag«, antwortet sie. Ich schlucke.

»Und wie gefällt es dir nun?« erkundige ich mich.

»Nun«, antwortet sie. »Der Alkohol schmeckt wie immer.« Sie lacht. Dabei dreht sie ihren Kopf nach hinten.
Ich sehe ihren Nacken. Ein großer Knutschfleck befindet sich dort. Für den zweiten Tag ging das aber ziemlich
schnell. Ich trinke einen Schluck Bier.

»Wie ist dein Name?« flüstert sie.

»Benjamin«, gebe ich zur Antwort.

»Benjamin, wie dieser eine Politiker?«

»Ja, Benjamin, wie dieser eine Politiker.«

»Das ist ein schöner Name«, sagt sie. Sie trinkt einen
Schluck Bier. Die Dose ist fast leer. Sie trinkt sie zu Ende.
Dann zerdrückt Marie die Dose in ihrer gebräunten
Hand. Es kracht. Ich sehe ihre Fingernägel. Sie sind rot
lackiert.

»Ich habe mir diesen Namen nicht gegeben«, sage ich.

»Ich weiß«, antwortet sie. »Aber fast jeder Name zeichnet den Menschen aus, der ihn trägt.« Sie steht auf. »Will
mir hier niemand noch eine Dose Bier geben?«

Langsam geht Marie zu ihrem Schreibtisch hinüber. Sie
torkelt ein wenig. Trotzdem ist ihr Gang elegant. Ich
finde dieses Mädchen schön. Aus einer Schublade kramt
sie ein paar Kerzen hervor. Sie sind rot. Mindestens fünf
Zentimeter lang. Ich blicke zu Malen hinüber. Sie sitzt
neben Janosch. Das freut ihn bestimmt. Auf dem Boden
liegen zwei Dosen Bier. Janosch rutscht immer näher an

Malen heran. Sie trägt ein weißes Seidenoberteil. Dazu den passenden Slip. Ihre schönen Beine ziehen sich graziös über den Boden hin. Janosch möchte sie am liebsten berühren. Das sieht man. Ich kann ihm das nicht übelnehmen. Malen ist wirklich schön. Sie hat ihr Gesicht gepudert. Die tiefblauen Augen schießen daraus hervor wie eine Laserkanone. Man wird sofort gefangen. Ihre Zehen- und Fingernägel sind türkis lackiert. Ein seltsames Licht geht von ihnen aus. Das Haar hat sie wie Marie hochgesteckt. Ihr Nacken ist frei. Durch das Seidenoberteil erkennt man ihren BH. Janosch traut sich noch immer nicht, ihre Beine zu berühren. Wieder und wieder zappelt seine rechte Hand einen Zentimeter darüber hinweg. Janosch ist anscheinend nervös. Kugli sagt, Janosch wäre sehr oft nervös, wenn es um Mädchen ginge. Da könne er fast nichts mehr machen. Höchstens noch den Gentleman spielen. Aber das gelänge ihm nicht so gut. Er sei einfach nervös. Nicht mehr so cool wie sonst. Und auch nicht mehr *crazy*.

Ich lausche ein wenig dem Gespräch der beiden. Es ist eher ein Gekreische. Die beiden sind schon ziemlich angeheitert. Ich frage mich, wie wir wohl wieder die Feuerleiter hinunterkommen sollen. Ich trinke noch einen Schluck Bier. Gleich habe ich die erste Dose schon intus. Das Zeug ist süffig. Es breitet sich in meinem Kopf aus. Ich trinke sonst nicht viel. Da merkt man das. Ich lausche wieder dem Gespräch. Es geht um Pannen beim Sex. Frei nach *Verona Feldbusch*. Malen erzählt gerade:

»Der Typ hatte einen Ständer. Einen riesigen Ständer, sage ich dir. Und er hat es ungefähr eine Stunde lang nicht geschafft, meinen BH aufzukriegen. Ist das nicht peinlich.«

»Peinlich«, erwidert Janosch. »So etwas würde mir nie passieren.« Dabei glotzt er Malen auf die Brüste. Sie bemerkt es nicht. Gott sei Dank. Auf einmal geht das Licht aus. Marie ist zurückgekehrt. In ihren Händen hält sie die Kerzen. Sie beleuchten nun das Zimmer. Die Flammen tanzen um den Docht herum. Es sieht schön aus. Ich muß an meine Mutter denken. Sie hatte immer Kerzen. Egal, wo wir waren. Manchmal lernte sie abends ihr Heilpraktikerzeug. Dann setzte sie sich an den Eßzimmertisch und zündete eine Kerze an. Es war das einzige Licht im Haus. Nicht einmal der Fernseher war an. Nur die Kerze. Und es war ein schönes Licht. Ob sie heute abend wohl auch eine Kerze angezündet hat? Ich nehme es an. Vielleicht hatte sie auch keine Zeit. Vielleicht hat sie gestritten. Ich weiß es nicht. Ich öffne noch eine Dose Bier. Kaum zu glauben, daß es so viele sind. Wie hat Troy sie nur nach oben geschleppt? Ich nehme an, der dicke Felix hat ihm geholfen. Unter seiner Wampe fallen die Dosen wahrscheinlich nicht auf. Der dicke Felix hat sich zu Anna gesetzt. Die beiden bilden mit Florian und dem dünnen Felix eine hübsche Gruppe. Jeder ist kurz davor, seinen Arm um Anna zu legen. Sie sieht heute wieder mal sehr schön aus. Wie Malen trägt sie nur einen Slip. Er ist schwarz. Am Hinterteil zwängt er sich genau zwischen ihre Arschbacken. Wenn sie sich zur Seite beugt, sieht man ihren mächtigen Hintern. Ich möchte fast sterben. Kaum zu glauben, wie schnell man begeistert ist. Man braucht nur einen Hintern zu sehen. Janosch sagt, so wäre die Jugend eben. Mädchen seien geil. Aus. Basta. Manchmal frage ich mich, ob man das nicht hätte anders strukturieren können. Wenn man nämlich erst einmal dreizehn ist, werden Mädchen und Hintern zur Droge.

Man kommt nicht mehr davon los. Florian und der dicke Felix sind ein gutes Beispiel dafür. Sie verspeisen Anna schon fast. Und auch ich bin nicht besser. Marie hat sich wieder zu mir gesetzt. Ich komme nicht davon los, ihr ins Dekolleté zu gaffen.

Ich trinke noch einen Schluck Bier. Das macht die ganze Sache schon leichter. Dann blicke ich wieder zu Anna hinüber. Sie trägt ein schwarzes T-Shirt. *Love is a razor* ist in gelben, geschnörkelten Buchstaben darauf zu lesen. Vermutlich ein wahrer Satz. Vielleicht aber auch einfach nur Mist. *Love* ist weder ein *razor* noch sonst irgendwas. *Love* ist undefinierbar. *Love* ist ... ficken, würde Janosch jetzt einwerfen. Aber das glaube ich nicht. Ich glaube, *Love* ist mehr. Ficken ist ficken. *Love* ist was anderes. Musik vielleicht. Aber Musik ist das Beste. So sagte es zumindest *Frank Zappa*. Ich glaube, ich bin betrunken. Wo kommt denn die ganze Musik her? Ah ja, Malen hat eine CD aufgelegt. Ausgerechnet die *Rolling Stones – I can't get no satisfaction*. Mit ihrem Slip und den langen Beinen kommt Malen zu Janosch zurückgelaufen. Sie setzt sich. Ich trinke noch einen Schluck Bier. Das Zeug fängt an, mir zu schmecken. Es ist irgendwie lustig. Ich weiß auch nicht, warum. Ich trinke gleich noch etwas. Marie beugt sich über mich. Es ist ein schönes Gefühl. Sie will ein paar Chips holen. Florian meint, Chips und Alkohol sei eine tödliche Kombination. Danach müßte man sofort kotzen, glaubt er. Ich lasse Marie die Chips jedoch fressen. Ich stelle sie mir über der Kloschüssel vor. Dabei muß ich lachen. Ich trinke noch einen Schluck Bier. Die Dose ist leer. Komisch. Dabei habe ich sie doch gerade erst geöffnet. Na ja. Wie gesagt. Ich bin es nicht gewöhnt zu trinken. Wahrscheinlich bin ich es deshalb auch nicht gewöhnt, daß die Dosen so schnell leer sind. Ich nehme mir zwei neue. Es sind die beiden letzten. Die zweite Dose hebe ich mir für später auf. Ich stelle sie neben mich auf den Boden. Dann lege ich ein Tempotaschentuch darüber. Ich will nämlich nicht, daß man mir mein Bier wegsäuft. Dazu ist es zu schade, glaube ich. Janosch schaut sich schon um. Er hat bestimmt viel getrunken. Er will noch mehr haben. Das sieht man. In seinem Mundwinkel brennt eine Zigarette. Das Zimmer ist groß und das Fenster geöffnet. Den Rauch wird niemand so schnell riechen. Auch ich hole meine Zigaretten hervor. Sie sind noch fast vollzählig. Marie will auch eine. Zusammen entzünden wir sie an ihrem Streichholz. Marie schüttelt es dann. Die Flamme erlischt. Sie legt ihren Arm um mich. Aus dem Lautsprecher dringt inzwischen das Lied *The Winner takes it all* von *ABBA*. Ein schöner Song. Irgendwie finde ich ihn lustig. Dabei ist er eigentlich ziemlich traurig. Es geht wieder mal um eine Trennung. Ich glaube, das verfolgt mich. Ich sollte mal zu Hause anrufen. Nur um sicherzugehen, daß sie sich nicht die Köpfe einschlagen. Aber nicht jetzt. Es ist Nacht. Außerdem ist Marie so nah. Sie liegt fast auf mir. Ich rieche ihre Haut. Rieche ein traumhaftes Parfum. Es ist süßlich. Riecht irgendwie wie Weihnachten. Wie der Christbaum oder das Gebäck. Ich muß an letzte Weihnachten denken. Alle waren sie da. Sogar mein Onkel. Ich liebe meinen Onkel. Dabei schimpfen alle nur über ihn. Wenn man ihn bräuchte, sei er nie da, so heißt es. Für mich war er immer da. Auch an Weihnachten. Er arbeitet für eine dieser großen Tageszeitungen. Die gewaltigen Reportagen auf der dritten Seite sind meistens von ihm. Manchmal nimmt er mich mit in die Redaktion. Das mag ich.

Die Leute dort arbeiten alle hinter großen Tischen. Sie müssen etwas von der Welt erzählen. Ich könnte das nicht. Ich schaffe nicht einmal einen gescheiten Schulaufsatz. Letzte Weihnachten hatten wir uns gerade für das Internat Neuseelen entschieden. Das war Pech für mich. So bekam ich nämlich lauter Sachen, die mit dem Internat Neuseelen zu tun hatten. Ein Poster der Region, Klamotten für wichtige Anlässe, einen Waschbeutel etc. Und ich bekam Klebestreifen. Damit durfte ich dann alles vollkleben und meinen Namen darauf schreiben. Benjamin Lebert. Mann, hatte ich Angst hierherzukommen. Und Mann, ich habe immer noch Angst, hier zu sein. Zwei Tage sind jetzt vergangen. Zwei Tage und anderthalb Nächte. Nun befinde ich mich in irgendeinem Mädchenzimmer, und ein Mädchen liegt auf mir. Vielleicht ein Fortschritt. Sie kitzelt meinen Hals. Irgendwie finde ich das seltsam. Ich kenne dieses Mädchen doch kaum. Aber gut. Janosch sagt, Internatsschülerinnen seien immer recht aufgeschlossen. Besonders die Neuen. Da müßte man nur ein wenig anders sein. Und schon würde es klappen. Was meint Janosch mit anders? Ich bin doch so wie immer. Oder bin ich immer anders? Warum liegt dieses Mädchen auf mir? Weil sie betrunken ist? Weil ich betrunken bin? Egal. Hauptsache, sie liegt auf mir. Ich trinke noch einen Schluck Bier. Gerade setze ich an, etwas zu sagen. Doch Marie kommt mir zuvor. Ich vergesse mein Anliegen.

»Man hat mir erzählt, du wärest so außergewöhnlich«, sagt sie.

»Außergewöhnlich?« frage ich. »Nun gut. Ich bin ein Krüppel. Das ist wohl außergewöhnlich.«

Ich ziehe an meiner Zigarette. Marie tut das ebenfalls. Ihre voluminösen Lippen spitzen sich. Es sieht sexy aus. Ich trinke noch einen Schluck Bier. Die Dose ist leer. Ich öffne die nächste. Marie steht auf. Sie will noch ein paar Chips holen. In dem schimmernden Kerzenlicht sehe ich ihren Körper. Nach kurzer Zeit legt sie sich zu mir zurück. Ich spüre ihre verdeckten Brustwarzen auf meinem Bauch.

»Man hat mir mal erzählt, Krüppel seien auch nur Menschen«, sagt sie.

»Komisch, daß man dir soviel erzählt«, erwidere ich. »Mir hat man nie etwas erzählt. Ich mußte alles selbst herausfinden. Aber gut. Du hast recht. Krüppel sind auch nur Menschen. Wenn auch ein wenig seltsame.« Aus den Lautsprechern erklingt nun das Lied *Knocking on Heaven's Door* von *Guns 'N' Roses*. Ich bin jetzt eigentlich gar nicht in Stimmung für solche Lieder. Aber ich finde es trotzdem ganz schön. Der alte *Bob Dylan*-Text hat es in sich. Ein komisches Gefühl breitet sich in mir aus. Ich trinke noch einen Schluck Bier.

»Inwiefern bist du denn ein Krüppel?« will Marie wissen.

»Meine linke Seite ist fast gelähmt«, antworte ich. Marie seufzt.

»Sowohl meinen Arm als auch mein Bein kann ich kaum bewegen. Es fühlt sich taub an. Nur wenn man mir weh tut, spüre ich es.«

Maries Gesicht rückt nun ganz nah an meines heran. Unsere Lippen berühren sich fast.

»Ich werde dir nicht weh tun«, flüstert sie. »Niemals. Und niemand sollte das je tun. Denn nur in Menschen, die von Grund auf verschieden sind, wächst etwas Neues.«

»Wie alt bist du?« frage ich.

»Sechzehn«, antwortet sie.

»Für sechzehn klingt das aber schon ziemlich reif«, entgegne ich.

»Ich weiß«, antwortet sie. »Ich bin auch reif.« Sie grinst.

»Und was meinst du, wächst bei mir mal?« frage ich.

»Keine Ahnung«, antwortet sie. »Das wirst du dann schon sehen! Bei Gelegenheit!« Und wieder fängt sie zu grinsen an.

Ich schaue zu Troy hinüber. Er sitzt am Schreibtisch. Einsam und alleine. Er muß schon ziemlich viel getrunken haben. Das macht er wohl immer, meint der dicke Felix. Manchmal sogar fünf bis zehn Bier an einem Abend. Janosch glaubt, das bekäme ihm nicht so recht. Irgendwann würde Troy sich immer übergeben. Aber das wäre ihm egal. Er würde weiter trinken. Bis zum nächsten Morgen. Eisern und hart. Dicht neben ihm auf dem Boden liegt der dicke Felix. Er schläft schon. Seine Arme und Beine hat er weit von sich gestreckt. Sein Mund steht offen. Er röchelt ein bißchen. Der Speichel tropft auf den Parkettboden. Der dünne Felix meint, er habe wieder von Fußball gelabert. Janosch habe ihn dann abgefüllt. Jetzt schliefe er. Ruhig und selig.

Ich stehe auf. Ich muß dringend auf die Toilette. Vorsichtig schiebe ich Marie von meinem Körper. Sie hat es sich inzwischen auf meinen Beinen bequem gemacht. Ich laufe zur Tür. Alles dreht sich ein wenig. So etwas kenne ich eigentlich nicht. Mit Mühe erreiche ich die Klinke. Drücke sie nach unten. Verlasse das Zimmer. Niemand bemerkt mich. Alle dösen schon. Nur Marie sieht kurz auf. Ich laufe über den Mädchengang. Er scheint sich endlos weit auszudehnen. Ich brauche fünf Minuten, bis ich die Toilettentüre erreiche. Ich öffne sie. Die Toiletten sind wesentlich schöner und moderner als die im Hurenflügel. Ein großer Vorraum erwartet mich. Alles hier ist weiß gekachelt. Ungefähr sechs Waschbecken befinden sich an der Wand. Über jedem hängt ein Spiegel. Ich sehe mich darin. Mein Gesicht sieht furchtbar aus. Ich trete an ein Waschbecken heran. Spritze mir ein wenig Wasser ins Gesicht. Es tut gut. Es ist erfrischend. Auf einmal öffnet sich hinter mir die Türe. Sie quietscht. Marie ist in den Toilettenvorraum getreten. Sie torkelt ein wenig. Müde steht sie vor mir.

»Was machst du?« fragt sie.

»Ich spritze mir Wasser ins Gesicht«, antworte ich.

»Ist es denn kühl?« möchte sie wissen.

»Sehr kühl«, erwidere ich.

»Irgendwie glaube ich, wir haben die ganze Zeit über etwas versäumt«, erklärt Marie lallend. Ich verstehe ihre Worte nicht. Sie zieht ihr Nachthemd über den Kopf. Nun trägt sie nur noch schwarze Unterwäsche. Es sieht schön aus. Ich sehe ihre zarte Haut. Den Bauchnabel. Das Gesicht. Die Brüste. Wenn auch ein wenig verschwommen. Irgend etwas will sie von mir. Das weiß ich. Sie kommt auf mich zu. Ich habe Angst. Sie berührt meinen Hals. Immer wieder weiche ich ihr aus. Ich zittere. Ich habe es noch nie mit einem Mädchen getrieben. Die wollen doch eigentlich gar nichts von mir. Ich bin doch zu seltsam. Außerdem bin ich betrunken. Nein, Marie ist betrunken. Sie öffnet ihren BH. Ich falle fast in Ohnmacht. Da steht sie nun oben ohne vor mir. Ich sehe ihre Brüste. Sie sind wohlgeformt und schön. Rosa sind ihre Brustwarzen. Ich muß an Janosch denken. Er würde bestimmt sagen, ich solle mir nicht in die Hosen scheißen. Die Chance nutzen. Und vor allem würde er sagen, solle ich grapschen. Viel grapschen. Ich kenne ihn. Seine Ratschläge. Und danach solle ich Marie einfach nageln. Nageln, das ist für Janosch der ehrenvollere Name für vögeln. Vögeln könne jeder, meint er. Aber nageln – nageln nicht. Das sei eine Kunst. Ich würde Marie wahrscheinlich nageln. Oder vögeln. Oder wie auch immer. Wenn ich mir nur nicht vor Angst in die Hosen scheißen würde. Ich habe keine Erfahrung.

Was ist, wenn ich etwas falsch mache? Das wäre egal, hat mir Janosch einmal erklärt. Mit sechzehn müßte man einfach schon genagelt haben, meint er. Es sei sowieso eine Schande, daß ich es noch nicht getan hätte. Mit sechzehn wollen Jungen einfach nageln.

Mit sechzehn wollen Mädchen einfach genagelt werden. Also sollten wir sie auch nageln, meint Janosch. Marie ist wohl der gleichen Ansicht. Sie zieht gerade ihren Slip herunter. Ich sehe ihre Schamhaare. Sie sind schwarz. Wie ein Fenster sieht ihr Venushügel aus. Breit und kurz geschoren. So etwas habe ich noch nie so nah vor mir gehabt. Das kenne ich nur aus dem *Playboy*. Warum ist die Jugend nur so brutal? frage ich mich. Nageln hin – nageln her. Ich fürchte mich davor. Das geht alles zu schnell. Irgendwie komme ich da nicht mit. Ich setze mich auf einen Klappstuhl. Er steht dicht am Fenster. Weiß der Kuckuck, warum er hier ist. Vielleicht, um in solchen Situationen eine Stütze zu sein. Ich habe keine Ahnung. Ich presse mich gegen die Lehne. Marie tut einen weiteren Schritt auf mich zu. Ihre großen Brüste hängen nun praktisch in meinem Gesicht. Sie bückt sich ein wenig. Mit zarten Fingern streicht sie mir über die Beine. Dabei bewegt sich ihr Oberkörper. Die Titten wackeln. Mein Schwanz wird hart. Das muß irgendwie so sein, glaube ich. Das ist schon richtig so. Trotzdem komme ich mir blöd vor. Ich ziehe mein Pyjamaoberteil über die Hose. Dann lege ich meine Hände darauf. Schweiß läuft mir über die Stirn. Es ist noch immer derselbe Pyjama. *When the going gets tough, the tough gets going.* Ich muß an meinen Vater denken. Marie küßt mir auf die Stirn. Ich zittere. Drehe mich zur Seite. Scheiß drauf! denke ich. Dann nagele ich sie eben. Ich muß ein Mann sein, würde Janosch sagen. Und ein Mann bekäme kein Muffensausen beim Anblick von ein paar Möpsen. Ein Mann muß grapschen. Sie bearbeiten. Ein Mann muß cool sein, würde Janosch meinen. Leider kann er mir jetzt nicht helfen. Ich muß es allein machen. Irgendwie. Oder es zumindest einfach mal versuchen. Ich ziehe meine Pyjamahose ein Stück weit nach unten. Marie kann meinen Schwanz sehen. Sie kramt ein Kondom aus den auf dem Boden liegenden Sachen hervor. Beißt mit den Zähnen die Packung auf. Sie zieht mir das Kondom über. Es geht schnell. Ein komisches Gefühl. So eng. So gummihaft. Fühlt sich an wie ein nasser Luftballon. Nur ein bißchen klebriger. Ich bin nervös. Das Kondom ist gelb. Ich frage mich, wo sie es so schnell aufgetrieben hat. Janosch meint, so seien die Frauen eben. Die würden immer ein Kondom auftreiben. Damit sie auch ja sofort ficken könnten. Marie setzt sich rittlings auf mich. Ich glaube, ich bin in ihr. Es ist ein unangenehmes Gefühl. So schön, wie alle sagen, ist das Nageln gar nicht. Ich fühle mich eingeengt. Mein Schwanz tut weh. Aber ich bin ein Mann. Ich grapsche nach ihren Titten. Drücke sie zusammen. Lecke an ihren Brustwarzen. Ihre Möpse sind weich. Ungewöhnlich schön liegen sie in meiner Hand. Ich glaube, ich werde sie nicht so schnell vergessen. Florian meint sowieso, die ersten Möpse würde man nicht vergessen. Sie seien besser als alle anderen. Er hat wahrscheinlich recht. Maries Becken kreist heftiger. Mein Schwanz bläst sich immer mehr auf. Sie stöhnt. Schwitzt ein wenig. Überhaupt macht *sie* ja die ganze Arbeit. Ich sitze nur da. Es gefällt mir aber allmählich ein bißchen besser. Ich fühle mich gut. Als hätte ich zwanzig Colas getrunken oder so. In meinem ganzen Körper kribbelt es. Am meisten in meinem Schwanz. Durch das Kribbeln werde ich weiter nach oben gedrückt. Ich beuge mich vor. Fasse Marie an den Hüften. Umarme sie ganz. Knete ihren Arsch. Wir knutschen. Sie stöhnt. Ich atme tiefer. Marie reitet und reitet. Wir sind gleich da. Mein Schwanz wird raus und rein gedrückt. Das sei immer so beim ersten Mal, meint Janosch. Ein kurzes Klopfen. Ein kurzes Hereinschauen. Ein kurzes Auf Wiedersehen. Marie reitet weiter. Schweiß bildet sich auf ihrer Haut. Ich lecke ihn ab. Stecke meinen Kopf zwischen ihre Titten. Sie spricht kein Wort. Die ganze Zeit nicht. Sie stöhnt nur. Wild reißt sie ihre Arme in die Luft. Gleich komme ich. Noch fünf Sekunden vielleicht. Dann bin ich da. Ich spritze ab. Adrenalin wird durch meinen Körper gepumpt. Ich fühle mich frei. Höre das Zwitschern von Vögeln. Das Plätschern von Wasser. Einen Sturm. Mein Körper zittert. Irgendwie ist das cooler als alles andere. Ich weiß auch nicht warum. Ich finde es *crazy*. Will es bald wieder haben.

Auch Marie kommt. Zumindest glaube ich das. Sie stöhnt heftiger als sonst. Umfaßt ihre eigenen Brüste. Sie schreit einmal kurz laut auf. Sackt zusammen. Wir knutschen. Das war bestimmt nicht ihr erstes Mal. Da bin ich mir sicher. Dafür ist sie zu erfahren. Janosch sagt, das erste Mal mit einem erfahrenen Mädchen zu haben, wäre gut. Da müßte man nicht so viel machen, meint er. Die wüßte dann schon, was zu machen wäre. Marie steigt ab. Sie stolpert durch den Toilettenvorraum. Sie spricht kein Wort. Zieht ihren Slip wieder an. Noch kurz sehe ich ihre Fotze. Ich werde sie in Erinnerung behalten. Bestimmt. Das war also mein erstes Mal. Ausgerechnet im Internat Neuseelen. Und ausgerechnet in der zweiten Nacht. Das ging alles schon ziemlich schnell. Mir ist schlecht. Ich fühle mich elend. Als hätte mir jemand die Eier geschält oder so. Ich kann kaum stehen. Meine Knie zittern. Das Bier rumort in meinem Magen. Durch die schnelle Nummer mit Marie wurde es aufgewühlt. Mein Kopf schmerzt. Die Augen tränen. Marie geht. Ich sehe sie durch die Ausgangstüre stolpern. Sie muß wirklich schon ziemlich betrunken sein, glaube ich. Ich bin mir nicht einmal sicher, ob sie eigentlich etwas von ihrer Tat mitbekommen hat. Vielleicht macht sie so etwas öfter. Egal, was es für Folgen hat. Vielleicht will sie einfach ihren Spaß. Und scheißt auf alles andere. Nun ja. Sei's drum. Wie lauten doch gleich die ganzen Sprüche mit dem ersten Mal? Nach dem ersten Mal wäre man ein Mann? Da stehe man auf eigenen Füßen? Vorbei sei es mit der milden Jugend? Man wäre nun erwachsen? Hm? Mein erstes Mal ist nun vorbei. Und ich fühle mich noch immer wie ein kleiner Hosenscheißer. Das ist, glaube ich, auch ganz gut so. Ich will gar nicht erwachsen werden. Ich will ein ganz normaler Junge bleiben. Meinen Spaß haben. Mich, wenn nötig, bei meinen Eltern verstecken. Und das soll jetzt alles vorbei sein? Nur weil ich meinen Schwanz in das geile Loch von Marie gesteckt habe? Das hat doch sowieso niemand gesehen. Ich werde es auch niemandem erzählen.

Der liebe Gott soll ein Einsehen mit mir haben. Tun wir

einfach so, als wäre nichts geschehen. Die ganze Sache wird mir nämlich auf Dauer ein wenig zu kompliziert. Warum muß ich denn überhaupt jemals erwachsen werden? Oder anders gefragt, welcher Vollidiot hat diesen Begriff erfunden? Warum bleiben wir nicht alle einfach kleine Jungen? Die ihren Spaß haben wollen? Vögeln, lachen, glücklich sein. Ich laufe in dem Toilettenvorraum umher. Ich fühle mich unzufrieden. Als wäre ein Traum erloschen oder so. Als wäre etwas vorbei. Ich zittere noch immer. Meine Haut ist bleich. Ich fühle mich allein. Ganz allein in dieser verfluchten großen Welt. In irgend so einem bescheuerten Internat. Neuseelen heißt es ausgerechnet. Ja, meine Seele ist neu. Das kann ich sagen. Meine beschissene Seele. Ich vermisse mein Zuhause. Die Eltern. Warum streiten sie sich? Wo ist meine Schwester? Und warum zum Kuckuck werde ich so aggressiv? Ich habe doch gerade ein Mädchen genagelt, verdammt. Ein besoffenes. Mit ganz großen Titten und einer geilen Fotze. Sie hat es wahrscheinlich nicht mal registriert. Ein Glücksfall, nicht? Ich schütte mir ein wenig Wasser ins Gesicht. Danach gehe ich pissen. Ich muß schon lange pissen. Ich glaube, ich habe mir schon ein wenig in die Hose gemacht. Ich trage noch immer dieses widerliche Kondom. Es hängt schon schlaff herunter. Mein Schwanz ist nicht mehr hart genug. Ich schmeiße es auf den Boden. Sollen sie morgen ihr Problem damit haben. Wenn die Putzfrau es findet. Wenn irgendwer es findet. Ich trete an den Toilettenrand heran. Hebe die Klobrille nach oben. Pisse. Ich pisse auch daneben. Das ist mir egal. Kurzzeitig pisse ich sogar absichtlich gegen die Wand. Wie sie es im Hurenflügel immer tun. Das ist lustig. Alles läuft über den Boden. Es schwimmt schon fast.

Ich mache nun daraus eine richtig schöne Lache. Dann lasse ich mich auf die Knie fallen. Ich kotze. Lange Zeit kotze ich.

Das war alles ein wenig viel für mich heute: Anstatt zu schlafen, eine Feuerleiter hinaufzuklettern, zu saufen, was das Zeug hält, mal eben ein bißchen zu vögeln und nebenbei erwachsen zu werden. Das reicht für eine Nacht. Da würde jeder kotzen, glaube ich. Ich stehe auf. Torkle in den Toilettenraum hinaus. Auf meinem Pyjamaoberteil sind ein paar braune Flecken zu sehen. Das ist mir egal. Merkt so oder so keiner, denke ich. Auf dem Kachelboden liegt das gelbe Kondom. In der Spitze sammelt sich die weiße Flüssigkeit. Man sieht sie gut. Irgend jemand wird daran morgen noch seine Freude haben, denke ich. Vielleicht Malen. Vielleicht eine Erzieherin. Ich gehe hinaus auf den Mädchengang. Sehe die vielen Bilder an der Wand. Sehe Malens Bild und die der anderen. Lausche dem Klang meiner Schritte. Ich bin allein. Niemand hilft mir. Ich stehe vor dem Zimmer 330. Malens Zimmer. Eine normale Tür aus grauem Sperrholz, mit einer ganz normalen Messingklinke. Ich drücke sie herunter.

7

Wie kann man das Leben im Internat beschreiben?

Als schwierig? Langweilig? Anstrengend? Einsam, fällt mir dazu ein. Ich fühle mich einsam. Obwohl ich den ganzen Tag mit den anderen zusammen bin. Fangen wir an einem ganz gewöhnlichen Tag an: Ich wache um 6:30 Uhr auf. Erzieher Landorf steht in der Türe.

»Es wird Zeit«, sagt er.

Langsam hebe ich meinen Kopf. Schaue zu Janosch hinüber. Ich sehe nur sein zerzaustes Haar. Wir haben noch eine halbe Stunde Zeit. Janosch will sie zum Schlafen nutzen. Er wäscht sich morgens nie. Ich stehe auf. Nehme meinen Waschbeutel. Ich schlurfe durch den Hurenflügel. Frühstück um Viertel nach sieben. Brötchen, Nutella, Joghurt. Die Schule beginnt um Viertel vor acht. Am Anfang gibt es nur Lernen. Eine halbe Stunde dasitzen und lernen. Sie nennen es Silentium. So etwas gibt es nur im Internat. Meistens schläft man dabei ein. Hinter dem hochgehaltenen Buch. Manchmal fällt es um. Peinlicherweise. Dann beginnt der Unterricht. Sechs Stunden am Tag. Auch samstags. Eine große Pause nach der Zweiten, eine kleine nach der Vierten. Man holt sich belegte Brötchen von der Auslage vor dem Speisesaal. Sie schmecken miserabel.

13:15 Uhr Mittagessen. Was es gibt, entnimmt man dem Plan am Eingang zum Speisesaal. Meistens Reis mit irgendeiner Soße. Alle sechs Wochen hat man Tischdienst. Während die anderen essen, muß man herumlaufen. Auf-

und abdecken. Wenn alles fertig ist, kommt man selber an die Reihe. Man ißt zusammen mit dem Personal in der Küche. Nach dem Mittagessen hat man eine Stunde frei. Nachmittags Hausaufgaben-Anfertigung. Dann Abendessen.

Zwei Stunden frei. Waschraum. Schlafen. Die Bettgehzeit für die 16jährigen ist 22:30 Uhr.

Wie kann man das Leben im Internat beschreiben?

Ich bin inzwischen vier Monate hier.

*

Ich betrete Troys Zimmer. Ein wenig Licht fällt durch das offene Fenster herein. Die Gardinen wiegen sich im Wind. Ihre Schatten tanzen auf dem brüchigen Parkettboden. Der Boden ist grau. Eine trübe Stimmung geht von ihm aus. An der löchrigen Wand hängen ein paar Poster. Allesamt zeigen sie Leidenssituationen aus dem Zweiten Weltkrieg. Schreiende Kinder. Zerbombte Städte. Verzweifelte Soldaten. Daneben hängen einige Zeitungsartikel über die SS. Ich sehe widerliche Fratzen. Goebbels. Göring. Hitler. An die Wand ist mit blutähnlicher Farbe folgender Satz angeschrieben: *Is this the way life's meant to be?* Die Buchstaben laufen ineinander über. Trotzdem kann man sie gut erkennen. Nur ein Bett gibt es hier. Es steht in der Mitte des Raumes. Das Kopfkissen und die Bettdecke sind zerwühlt. Man erkennt darauf eine Szene aus dem Fantasy-Film *Dragonheart*. Ein riesiger, feuerspeiender Drache kämpft mit einem Ritter der Tafelrunde. *We will always succeed!* ist darauf zu lesen. Der Schreibtisch steht rechts neben dem Fenster, darauf liegen viele Sachen, hauptsächlich Bücher,

Farbstifte und Photos. Ein paar Zeichnungen stapeln sich auf dem Fensterbrett. Sie zeigen nackte Frauen mit großen Brüsten. Ich war noch nie zuvor hier. Irgendwie schäme ich mich dafür. Ich mache einen weiteren Schritt in das Zimmer hinein. An der linken Wand befindet sich ein Ablageschrank. Alles voll mit Büchern. Troy selbst steht davor und zieht gerade eines heraus. *Stephen King, Misery*. Das Buch ist spitze. Ich kenne es. Es geht um so einen Romanautor, der einen Autounfall hat. Er landet schließlich bei einer Irren. Sie quält ihn. Schlägt ihm ein Bein ab und so. Sie sagt, sie sei sein größter Fan. Er müsse ein Buch für sie schreiben. Wenn er es nicht schaffe, sterbe er. Ganz einfach. Das Buch ist klasse. In meiner alten Schule habe ich es mal als Deutschlektüre vorgeschlagen. Daraufhin habe ich einen Sechser gekriegt. Wir haben *Seelenfeuer* gelesen. Ein Scheißbuch. Ich habe es nicht verstanden. Kein einziges Wort. Soweit ich mich erinnere, haben wir in der Schule überhaupt nur Bücher gelesen, die ich nicht verstanden habe. Die Autoren sprechen immer so in Rätseln. Eigentlich könnten sie doch gleich ein Quizbuch schreiben oder so. Wahrscheinlich habe ich keine Ahnung davon. Trotzdem. Ich gehe zu Troy hinüber. Setze mich zu ihm auf das Bett. An den Rand natürlich. Ich will ihn nicht langweilen. Seine Stirn kräuselt sich böse. Er hebt *Misery* in die Höhe. Es hat einen grünen Einband. Silbern ist die Schrift darauf. Bei besonderem Licht funkelt sie sehr schön. Der Typ hat ausgesorgt, glaube ich. Der hat keine Probleme mehr. Stephen King hat viele Millionen auf dem Konto. Dem ist es egal, ob sein Sohn einen Sechser in Mathe hat oder nicht. Der lebt weiter. Schreibt seine Bücher. Ist glücklich. Stephen King kann mich mal, glaube ich. In den letzten Wochen habe ich wieder zwei Schulaufgaben geschrieben. Ich glaube, beide sind miserabel. Ich habe sie noch nicht zurückgekriegt. Mathe und Deutsch.

Das nervt mich zur Zeit irgendwie alles.

Das Bett, auf dem ich sitze, ist ungeheuer weich. Am liebsten würde ich jetzt schlafen. Das hätte ich auch bitter nötig. Wir waren heute nacht wieder unterwegs. Unten vor dem Speisesaal. Ein bißchen rauchen. Ein bißchen quatschen. Ein bißchen glücklich sein. Janosch sagt, das sollten wir in Zukunft öfter tun. Aber ich weiß nicht, ob das so gut wäre. Ein wenig Schlaf braucht jeder mal, glaube ich. Ich sehe mich um. Das Zimmer ist wirklich klein. Ob es Troy hier drinnen gefällt? Ich weiß es nicht. Ich lehne mich zurück. Schaue auf die Uhr. 17:30 Uhr. Noch eine Stunde bis zum Abendessen.

»Troy, was machst du?« frage ich.

»Nichts«, antwortet er.

»Aber du mußt doch irgend etwas machen!«

»Nein, muß ich nicht«, sagt er.

Ich drehe meinen Kopf ein wenig zur Seite. Streiche mit der Hand über mein Haar. Troy bleibt neben mir sitzen. Eine Fliege läuft ihm übers Gesicht. Er versucht nicht, sie zu entfernen. Bleibt ruhig. Seine Augen rollen. Er hüstelt.

»Warum bist du alleine, Troy?« versuche ich es noch einmal. »Warum möchtest du alleine sein?«

Troys Augen sehen in die Ferne. Er kämpft mit sich selbst. Selten hört er solche Fragen. Selten muß er darauf antworten. Er räuspert sich.

»Ich bin anders, weißt du«, sagt er mit tiefer Stimme. »Einfach anders. Die Leute mögen keine Menschen, die anders sind. So ist das. Von den Menschen werde ich nicht beachtet. Sie mögen mich nicht.« Troy blickt zu mir auf. Dabei zittern seine Augen. Er preßt die Lippen zusammen. Zum ersten Mal höre ich ihn so etwas sagen. Seine Augen schauen mich gütig an.

»Aber wir mögen dich doch, Troy!« antworte ich. Ich streiche mir über den linken Arm. »Wir mögen dich.«

»Ihr registriert mich«, erwidert Troy. »Aber ihr mögt mich nicht. Ihr nehmt mich immer nur mit, weil ihr mich mitnehmen müßt. Zum Tragen von Bier vielleicht. Oder zum Schimpfen. Janosch braucht immer jemanden zum Schimpfen.«

»Aber du gehörst zu uns«, sage ich. »Wie Florian oder der dicke Felix. Du bist einer der unsrigen. Ein Held, wie Janosch sagen würde. Ohne dich wären wir wenig.«

»Ich bin kein Held«, antwortet Troy. »Auf mich hat nie jemand achtgegeben. Ich bin ein Bettnässer. Sieh es dir selbst an!«

Langsam zieht er die *Dragonheart*-Decke beiseite. Ein großer Fleck befindet sich dort auf dem Leintuch.

»Bei Nacht passiert es mir eben«, sagt er. »Ich pisse ins Bett. Ich weiß auch nicht, warum. Niemand würde das verstehen. Darum bin ich lieber allein. Bist du allein, dann kann dich niemand verletzen.«

Troy steht auf. Er geht zum Fenster hinüber. Dort bleibt er einen Augenblick stehen. Dann kommt er zurück ans Bett. Er setzt sich.

»Hast du manchmal Angst?« fragt er. »Ich meine, nicht Angst vor einer Prüfung. Oder dem Erzieher. Sondern so richtig Angst. So Angst vor dem Leben. Weißt du?« Troy schluckt. Er beugt sich nach vorn.

»Leben *ist* Angst haben«, sage ich. Mir wird unangenehm. Eigentlich habe ich noch nie darüber nachgedacht. Aber ich glaube, es stimmt.

»So muß es sein«, sage ich. »Ich weiß auch nicht, warum, aber irgendwie muß es so sein! Vielleicht, weil die Menschen sonst nur lauter Unsinn machen würden. Sie hätten ja keine Furcht mehr.«

»Aber muß es denn deswegen immer so sein?« fragt Troy. »Ich will nicht immer Angst haben. Das geht alles so schnell. Ich komme nicht mit. Ich habe Angst.«

»Du hast recht, Troy«, sage ich. »Es geht alles zu schnell. Wieso können wir nicht warten? Zuschauen? Zurückspulen?«

»Weil das Leben wahrscheinlich kein Videoband ist«, antwortet Troy ängstlich.

»Was dann?« frage ich. Troy wird nervös. Er fährt sich über die Augen. Schweiß bildet sich auf seiner Stirn. Er atmet tief ein.

»Das Leben ist ein …« Er stockt. Zittert. Sein Oberkörper wiegt sich hin und her. Die Fliege verläßt sein Gesicht. Sucht einen ruhigeren Ort. Den Stuhl. Den Tisch. Sie krabbelt weiter.

»Ist ein …?« wiederhole ich.

»Ist ein großes Ins-Bett-Pissen«, bricht es schließlich aus ihm hervor.

Er weint. Dicke Tränen kullern über sein Gesicht. Die Augen schwellen an. Er schluchzt. Ich rücke näher an ihn heran. Das habe ich nicht gewollt. Vorsichtig streiche ich mit der rechten Hand über seinen Rücken.

»Gott hilft mir nicht«, stottert Troy. »Er hilft mir einfach nicht. Fett und satt sitzt er dort oben und hilft mir nicht.« Troy legt die Hände aufs Gesicht. Beugt sich vor. Er weint. Man hört sein stilles Klagen.

»Irgendwann hilft er uns, Troy«, sage ich. »Irgendwann. Irgendwann holt er uns aus dieser Scheiße hier unten raus und hilft uns, Troy. Dir und mir. Wir beide werden lachen. Wenn alles vorbei ist. Wenn das Leben kein großes Ins-Bett-Pissen mehr ist, Troy!«

»Das Leben bleibt immer ein großes Ins-Bett-Pissen«, antwortet er verzweifelt. Seine Haut ist rot. Über die Wangen laufen Tränen.

»Ich kann nicht mehr, Lebert!« sagt er. »Ich kann nicht mehr! Wohin zum Teufel laufen wir?«

Er ist fertig. Das sieht man. Irgendwann hat eben jeder einmal genug. Auch der schweigsame Troy. Janosch nennt das die *Hurenhaus-Phase*. Wo alles nicht stimmt. Wo es reicht. Dann platzt man eben, meint Janosch. Er sagt, das wäre ganz gut. Sonst würde man sterben, sagt er.

Ich weiß nicht, ob das gut ist. Ich glaube, man schimpft nur auf Sachen, auf die zu schimpfen man gar keinen Grund hat. Keine Ahnung. Von Troy hätte ich das alles bestimmt nicht gedacht. Ich dachte immer, der lebt irgendwie. Wie der Mond oder die Sterne. Der käme nie in die *Hurenhaus-Phase*. Aber da täuscht man sich eben. Die Jugend sei gemein, meint Janosch. Da hätte eben jeder seine Probleme. Auch Troy. Er schneuzt sich gerade. Wieder und wieder streiche ich ihm über den Rücken.

Ich muß an meine Eltern denken. An die Wochenenden, die wir in der letzten Zeit zusammen verbracht haben. Das war alles irgendwie schwierig. Ich konnte mich nie richtig erholen. Immer verfolgte mich das Gefühl, bald wieder ins Internat zurückkehren zu müssen. Jede Unternehmung war schlecht. Ich war sauer. Auf mich. Den Vater. Die Mutter. Meine Schwester. Darauf, daß alles zu

Ende geht. Und ich mein Leben jetzt woanders suchen sollte. Im Internat eben. Janosch sagt, das sei die Tragik des Internatsschülers. Sonntagabend müsse er zurück. Aus. Basta. Immer gut gelaunt. Und in altem Gemeinschaftssinn. Einer für alle und so. Das sei ziemlich anstrengend, meint er. Zu Hause wäre es eben doch schöner. Ich glaube, da hat er recht. Auch wenn meine Eltern viel streiten. Fast jedes Wochenende, wenn ich zu Hause war, hat meine Mutter geweint. Sie saß in der Küche. Tränen liefen ihr über die Wangen. Wie bei Troy. Meine Schwester saß bei ihr, um sie zu trösten. Beide hatten sie eine Wut auf meinen Vater. Ich war immer dazwischen. Wollte nicht auf einen alleine losgehen. Ich dachte, irgendwie haben wir alle daran schuld. Das alles ist ganz schön kompliziert, glaube ich. Zu kompliziert für mich jedenfalls. Das packe ich nicht. Wenn ich es nicht besser wüßte, würde ich sagen, ich bräuchte eine *Hurenhaus-Phase*. Müßte alles einmal rausschreien. Um alles ins reine zu bringen. Es tut weh, seine Mutter weinen zu sehen. Manchmal ist es das letzte Bild, das ich von ihr habe, bevor ich nach Neuseelen zurückkehre. Weinend. In der Küche. Auf dem roten Küchenhocker. Vor dem Fenster. Da sage noch einer, die Jugend sei einfach. Das sagen nur Leute, die sie hinter sich haben. Wahrscheinlich sehnen sie sich danach zurück. Ich glaube, das sollten sie nicht tun. Mein Gott, ist das alles mies. Troy weiß ein Lied davon zu singen. Ich habe keine Ahnung, wie ich ihn trösten soll. Ich kann ihm ja schlecht sagen, er soll einfach aufhören, ins Bett zu pissen. Dabei würde ich ihm so gerne helfen. Er tut mir leid. Dieser Junge ist wirklich nie mit Gold beschenkt worden, glaube ich.

»Laß uns fliehen«, sagt er. »Einfach abhauen. Laß uns die

Jungs holen und verschwinden. Irgendwohin. Diese Welt ist groß. Ich halte es hier nicht mehr aus!«

»Das können wir nicht«, antworte ich. »Die suchen und finden uns. Diese Welt ist kleiner, als du denkst. Zumindest die Internatswelt. Wir können nicht abhauen. Das ist zu gefährlich.«

»Wenn wir uns beeilen, schaffen wir es«, antwortet Troy. »Wir können nach München fahren. Noch vor dem Essen. Es fährt ein Bus nach Rosenheim. Von dort geht es mit dem Zug weiter.« Troys Augen suchen meinen Blick. Traurig und leer schaut er zu mir auf. Der Junge meint es ernst. Das sieht man.

»Laß mich bitte kein Zuschauer mehr sein«, sagt er. »Laß mich nicht im Dunkeln stehen und auf die Bühne gaffen. Mein ganzes Leben habe ich auf die Bühne gegafft. Jetzt will ich nicht mehr. Jetzt will ich auf die Bühne hinauf. Etwas Verrücktes tun. Etwas, das zuvor noch niemand getan hat. Etwas, das *crazy* ist.«

»*Crazy*?« frage ich.

»*Crazy*«, antwortet er.

Ich halte inne. Irgendwie bin ich nicht so begeistert. Ich will nicht abhauen. Das wird bestimmt unangenehm. Wo sollen wir auch übernachten? Das Internat Neuseelen schließt seine Tore um 23:00 Uhr. Danach kann weder einer hinein noch einer hinaus. Um so besser, würde Janosch sagen. Dann übernachten wir halt in München. Die Frage ist nur, wo. Die Leute im Internat werden uns bestimmt bald vermissen. Das gibt eine Aufregung. Langsam lehne ich mich zurück. Atme tief durch.

»Hat das schon jemals einer gemacht?« frage ich.

»Was?« fragt Troy.

»Na, illegal nach München fahren, um dort zu übernachten. Einfach so. Ohne Abmeldung.«

»Seitdem ich hier bin, noch nicht«, antwortet Troy. »Schon gar nicht in unserem Alter. Da darf man sich so was doch nicht erlauben. Das ist ja schon fast kriminell.« Er lacht.

»Aber warum können wir es uns dann erlauben?« erwidere ich.

»Weil wir die Besten sind«, antwortet Troy. »Überleg doch mal! Wer könnte die verrückteste Idee aller Zeiten besser in die Tat umsetzen als wir sechs? Janosch, die beiden Felixe, Florian, du und ich. Wir sind für verrückte Ideen geboren.« Troy lacht. Seine Augen funkeln. Ich glaube, noch nie zuvor war er so vergnügt. Er ist ganz außer sich. Sein Oberkörper wippt nach vorne. Die Tränen trocknen an seinen Augenrändern. Sie hinterlassen rote Flecken.

Der schweigsame Troy ist über seinen Schatten gesprungen. Das merkt man. Er ist auf dem Wege der Besserung. Auf seinem eben noch dunklen, verzerrten Mund liegt jetzt ein Lächeln. Er steht auf.

»Wir sechs«, sagt er.

8

»Ihr wollt abhauen?« fragt Janosch begeistert, als ich ihn aus unserem Zimmer herausziehe. Ich habe gerade mal die wichtigsten Sachen in meinen blauen Rucksack gepackt. Wasser. Ein paar Schokoriegel. Eine Lektüre. Man weiß ja nie. Vielleicht komme ich mal zum Lesen. Kann ja sein. Janosch grinst. In seinen Augen glänzt die Abenteuerlust. Er ist ziemlich aufgeregt, glaube ich.

Florian sagt, das alles sei für Janosch das größte. Er wollte schon immer mal abhauen, meint er. Alleine habe er es sich nur nie getraut. Jetzt hat er eine ganze Meute hinter sich. Da müßte er mitmachen. Dazu sei er zu *crazy*, meint Florian. Florian, den alle nur *Mädchen* nennen, ist auch dabei. Es sei hier sowieso alles zu langweilig, sagt er. Er hat extra den dünnen Felix angeschleift. Der war am Anfang überhaupt nicht begeistert. Das sei alles zu gefährlich, hat er gemeint.

Aber nun ist er auch dabei. Es muß ja so sein. Die ganze Sache ist zu aufregend, als daß man sie sausen lassen könnte. Das gilt wohl auch für den dicken Felix. Er hat sich am Nachmittag für ein paar Stunden hingelegt. Der weiß noch nichts von seinem Glück. Janosch will ihn wecken. Wir halten das für keine so gute Idee.

»Du bist zu grob!« sagt der dünne Felix.

»Ich zu grob?« fragt Janosch. »Also hör mal! Kugli liebt mich doch! Von der Idee, mit mir illegal nach München zu fahren, ist er bestimmt ganz begeistert. Ich kenne ihn.« Janosch geht in Kuglis Zimmer. Es dauert nicht einmal zwei Minuten. Dann kommt er mit dem dicken Felix im Schlepptau wieder heraus.

Felix wirkt verschlafen. Seine Augen sind ganz klein. Das Haar hängt ihm wirr ins Gesicht. Es sieht komisch aus. Alle lachen. Auf seinen Wangen befindet sich noch der Bettabdruck. Wild reißt er die Arme in die Höhe.

»Ihr seid wahnsinnig!« sagt er.

»Natürlich sind wir wahnsinnig«, antwortet Janosch. »Darum brauchen wir ja einen, der nicht wahnsinnig ist. Und da unser Erzieher Landorf wohl nicht mitfahren wird, sind wir sofort auf dich gekommen!«

»Ihr habt recht«, antwortet Felix. »Aber gerade, weil ich nicht wahnsinnig bin, komme ich nicht mit.«

»Das dachten wir schon«, antwortet Janosch. »Aber wir brauchen dich! Du mußt mitkommen! Du bist unsere Brandung im Fels!«

»Eure Brandung im Fels?« wiederholt Felix.

»Ja. Unser großes Zuckerstück«, erklärt Janosch.

»Warum sollte ausgerechnet *ich* euer großes Zuckerstück sein?« will der dicke Felix wissen.

»Weil Malen nicht mitkommt«, antwortet Janosch. »Deswegen bist *du* unser großes Zuckerstück. Aber ich glaube, daß du deiner Rolle gerecht wirst. Schließlich hast du mindestens genauso große Brüste.« Janosch legt seinen Arm um den dicken Felix.

»Darf ich denn einen Rucksack mit Süßigkeiten mitnehmen?« fragt er. »Ich brauche sie eben. Ich kann auch nichts dafür.«

»Nimm mit, was du willst«, erklärt Janosch. »Aber bitte keinen Schweinebraten oder so. Beeile dich!«

»Da bringst du mich aber auf eine tolle Idee«, wirft Kugli ein. »In München soll es doch Schweinebraten in Hülle und Fülle geben. Meint ihr, ich werde dort einen bekommen?«

»Wenn ja – kommst du dann mit?«

»Darauf kannst du Gift nehmen«, erklärt Felix.

»Daß du immer nur mitkommst, wenn es was zu fressen gibt«, entgegnet Janosch gereizt. »Eigentlich bist du schon viel zu fett!«

»Zu fett vielleicht schon«, erklärt Felix. »Aber auch eure Brandung im Fels, oder? Das sagtest du doch!«

»Ja, ja«, erwidert Janosch. »Beeil dich lieber! So eine Stadt wie München wartet nicht ewig auf uns!«

»Ist München wirklich cool?« will der dünne Felix wissen, während Kugli in seinem Zimmer verschwindet.

»München ist cool«, entgegnet Janosch.

»*Crazy*«, fügt Florian hinzu.

»Gibt's da Weiber?« fragt der dünne Felix.

»München ist eine Millionenstadt«, sagt Janosch. »Da gibt es so viele Weiber, wie es Schweinebraten gibt. An jeder Ecke.«

»Und wir fahren wirklich dahin?«

»Natürlich fahren wir dahin. Wir sind Männer.«

»Und wann?«

»Gleich. Vorausgesetzt, daß Kugli bald kommt.«

Ein großer roter Wanderrucksack biegt um die Ecke. Er ist bis obenhin vollgepackt. Unterhalb des Verschlusses ist eine Haribo-Tüte zu erkennen. Beinahe hätte sie nicht mehr hineingepaßt. Das sieht man. Der dicke Felix schließt die Zimmertüre. Bedächtigen Schrittes kommt er auf uns zugelaufen. Meine Uhr zeigt 18:15 Uhr an.

*

»Gott sei Dank fällt so ein riesiger Wanderrucksack nicht auf«, erklärt Janosch, als wir den Schloßberg hinunterrasen. »Da würde bestimmt niemand auf die Idee kommen, daß wir etwas Längeres geplant haben, Kugli! Das hast du fein gemacht!«

»Es tut mir leid«, antwortet der dicke Felix. »Aber du hast doch selbst gesagt, daß ich mitnehmen kann, was ich will.«

»Ja«, entgegnet Janosch. »Allerdings dachte ich dabei nicht an ein Elefantenbaby.«

»Jetzt«, erklärt Felix, »können wir sowieso nichts mehr dran ändern. Wir laufen ja schon. Möchte jemand ein Stück Schokoschnecke?«

»Ich stecke dir deine Schokoschnecke gleich in den Arsch«, sagt Janosch.

»Soll das heißen, du willst kein Stück?«

»Nein. Eigentlich nicht.«

In diesem Augenblick meldet sich der kleine Florian, den alle nur *Mädchen* nennen: »Ich will euch nicht entmutigen«, sagt er. »Aber wo zum Teufel übernachten wir heute?«

»Wir werden schon was finden«, entgegnet Janosch. »München ist groß. Hat vielleicht jemand Angst von euch?«

»Ich hab' keine Angst«, sagt der dünne Felix.

»Ich auch nicht«, erklärt Florian. »Na ja. Vielleicht ein bißchen. Aber das legt sich doch, oder? Ich meine, so schlimm kann es doch gar nicht werden.«

»Das legt sich«, erklärt Janosch. »Wir schaffen das schon.«

»Legen?« wiederholt der dicke Felix. »Das soll sich legen? Das legt sich nie. Seit zwei Jahren mache ich schon sämtlichen Scheiß mit. Und noch immer habe ich Angst. Manchmal frage ich mich, warum ich mich wieder und wieder überreden lasse.«

»Weil du es brauchst«, erklärt Janosch. »Wir alle brauchen es. Wir sind jung. Sogar Troy braucht es.«

»O nein«, erklärt Kugli. »Ich brauche es nicht. Und Troy auch nicht. Stimmt's, Troy? Brauchst du es?«

»Doch, schon«, erklärt Troy. Er läuft ganz hinten. Langsam marschiert er den Schloßberg hinab. Ich laufe neben ihm auf dem geteerten Weg. Er ist gerade breit genug für ein Auto. In etlichen Kurven zieht er sich nach oben hin. Zum Schloß. Umringt von vielen Bäumen. Alles ist grün hier. Es sieht schön aus. Das Sonnenlicht bricht durch die vielen Wipfel hindurch. Auf dem Boden zeichnen sich helle Gebilde ab. Janosch und die anderen laufen gerade hindurch. Ich denke nach.

Wie oft schon bin ich diesen Weg hinaufgefahren worden? In dem alten Renault von meinem Vater? Wie oft schon habe ich geweint? Gesagt, daß ich nicht hierbleiben wolle. Daß alles so schlimm sei. Ich nicht mehr könne. Mein Vater wurde immer böse. Hat gesagt, ich solle mich zusammenreißen. Das Leben sei eben so. Da könne er auch nichts machen. Jeder müsse da durch. Ganz einfach. Dann hat er mich also abgeliefert. Mit meinem Koffer. Eine grüne Reisetasche. In den Seitenfächern waren zwei CDs eingepackt. *The Rolling Stones Collection 1+2.* Mein Vater sagte, die würden helfen. Brächten mehr Energie. Lebenswillen. Keine Ahnung. Ich glaube, das ist alles Mist. Ich habe erst einmal fünf Minuten auf dem Neuseeler Parkplatz gestanden und geweint. Dann bin ich nach oben gegangen. Ins Zimmer. Zu Janosch. Eigentlich hat er mich nie richtig getröstet.

Trotzdem war er da. Hat mit mir eine geraucht. Über das Leben geredet. Es verurteilt. Irgendwie war ich froh, ihn zu sehen. Janosch ist ein Fels. Das wissen alle. Sogar der dicke Felix weiß es. Auch wenn er es manchmal nicht zugibt. Florian sagt, so einen Fels bräuchte man eben im Leben. Man käme nie vom rechten Wege ab. Bräuchte sich nie zu fürchten. Ich glaube, er hat recht. Solange Janosch da ist, fürchte ich mich nicht. Dabei ist er nicht besonders groß. Oder stark. Er ist einfach Janosch. Das genügt.

*

»Siehst du, Kugli, du brauchst es!« sagt Janosch und lacht schallend auf. »Du brauchst es einfach! Brauchst uns! Wenn Troy uns schon braucht, dann brauchst du uns auch.«

»Blödsinn«, erwidert der dicke Felix. »Niemand braucht euch. Braucht uns. Warum gibt es uns eigentlich? Auf der Welt wäre doch gar nichts anders, wenn es uns nicht gäbe.«

»Das glaube ich nicht«, wirft der dünne Felix ein. »Es hat schon einen Grund, warum es uns gibt.«

»Und der wäre?« fragt Janosch.

»Nun ja«, antwortet Felix. »Weiß ich eigentlich auch nicht. Der Grund ist vielleicht, alles betrachten zu dürfen.«

»Alles betrachten zu dürfen?« fragt Janosch. »Heißt das, wir sind nur Zuschauer? Billige Zuschauer?«

»Wir sind alle nur Zuschauer«, antwortet Felix. »Wir werden alle unser Plätzchen auf einem Massenfriedhof finden. Und niemand wird sich mehr für uns interessieren.«

»Geht es noch düsterer?« fragt Kugli. »Vielleicht werde ich mal berühmt. Und wenn ich sterbe, weinen alle über mich. Wie bei Lady Di.«

»Das ist doch etwas ganz anderes«, erklärt Janosch. »Lady Di war immer Lady Di. Und wird auch immer Lady Di bleiben. Jeder wird sie in Erinnerung behalten. Aber an uns wird sich niemand erinnern. So ist das Leben. Wir sind einfach nur Internatsschüler. An die denkt keiner mehr.«

»Das ist alles frustrierend«, erklärt Kugli. »Ich meine, wir leben doch. Irgend etwas müssen wir doch bewegt haben.«

»Ja. Wir sind aus dem Internat ausgebrochen«, erklärt Florian.

»Wahrscheinlich suchen sie uns schon.«

»Nein – die essen noch«, antwortet Janosch.

»Wartet mal, Jungs«, sagt Kugli. »Wie sind wir eigentlich imstande zu leben, ohne daß wir wissen, wofür?« fragt er.

»Ach – ich glaube, das ist ganz einfach«, meint Janosch. »Wir machen doch eigentlich dauernd Sachen, ohne daß wir wissen, wofür. Jetzt zum Beispiel. Mach dir nicht ins Hemd! Vielleicht ist es gut, daß sich niemand um uns sorgt. Außerdem: Sicher werden wir uns erinnern.«

»An was erinnern?«

»Na, an uns«, erwidert Janosch.

»An uns?«

»Ja. An uns«, gibt Janosch zur Antwort. »Ich beschließe hiermit, daß ich mich an euch erinnern werde. Und an all die verrückten Sachen, die uns widerfahren sind. So leben wir doch irgendwie weiter. Ich weiß zwar auch nicht wie, aber es stimmt.«

»Bist du da sicher?« fragt Kugli.

»Ganz sicher«, entgegnet Janosch. »Werdet ihr euch denn etwa nicht erinnern?«

»Aber hallo«, entgegnet Florian, den alle nur *Mädchen* nennen.

»Ich auch«, wirft der dünne Felix ein.

»Und du nicht, Kugli?« fragt Janosch.

»Ich brauche Bedenkzeit. Aber ich denke, daß ich mich auch erinnern werde. Schließlich war das ganze Zeug schon irgendwie *crazy*.«

»Na, siehst du!« erklärt Janosch. »So werden wir weiterleben. Erzählt euren Kindern und Enkeln noch davon. Es bleibt zwar in einem kleinen Kreis. Aber wir leben weiter.«

»Troy auch?« fragt Florian.

»Troy auch«, entgegnet Janosch. »Wenn schon, dann alle. Wo ist Benni?«

»Hier!«

*

Wir kommen gut voran. Haben schon fast das Dorf erreicht.

Es ist das alte Lied. Von den sechs Internatsschülern. Zügig laufen wir nach unten. Es dämmert schon. Ich habe Angst. Ich weiß auch nicht, warum. Wahrscheinlich vor der Nacht. Ich habe sie noch nie gemocht. Sie birgt so viele Geheimnisse. Ist so leer. So düster. Alle guten Ansichten sind bei Nacht schwarz. Dabei ist schwarz doch meine Lieblingsfarbe. Aber nur, wenn es hell ist, glaube ich.

Janosch sagt, wenn wir Glück haben, erwischen wir noch den letzten Bus. Er fährt uns nach Rosenheim. Einer kleinen, bayerischen Stadt. Florian sagt, da gäbe es viele

Rechtsradikale. Er wolle sich ungern lange dort aufhalten. Janosch meint, das gehe in Ordnung. Wir würden gleich mit dem Zug weiterfahren. Nach München. In die große Stadt. Wo ich wohne. Wo meine Eltern sind. Wo sie streiten. Neulich habe ich mit meiner Schwester telefoniert. Sie sagt, es wäre alles schrecklich. Sie hätten kein einziges vernünftiges Wort mehr miteinander gewechselt. Mein Vater lebe nun im Hotel. *Hotel Leopold.* Sie hat mir seine Nummer gegeben. 0 89 / 36 70 61. Ich habe nie dort angerufen. Was sollte ich auch mit ihm sprechen? Er würde mich nur voll reden. Wie leid ihm alles täte und so. Und daß sich für mich nicht viel ändern würde. Das ist alles Mist. Natürlich wird sich etwas für mich ändern.

Was soll das denn alles? Ich schaue mich um. Sehe meine fünf Kameraden. Alle sind sie ein wenig bekümmert. Die Ungewißheit brennt in ihren Augen. Janosch, der Anführer, läuft vorne. Sein Blick ist gen Boden gerichtet. Er trägt ein schwarzes Polohemd und eine weiße Jeans. Sein blondes Haar fällt ihm ins Gesicht. Bei jedem Schritt bewegt sich seine Halskette, an der ein Medaillon mit einem Photo seiner Eltern baumelt. Nie legt er die Kette ab. Auch nicht, wenn er schläft. Der dicke Felix sagt, Janosch liebe seine Eltern. Mehr als alles andere in der Welt. Manchmal weine er sogar. Nach einem längeren Wiedersehen. Und nichts wünsche er sich mehr, als bei ihnen zu sein. Wann immer es geht.

Neben ihm läuft der kleine Florian, den alle nur *Mädchen* nennen. Sein Gang ist wacklig. Die Augen spielen mit der Natur. Immer wieder suchen sie das Licht. Beobachten die Sonne. Wie sie untergeht. Seine Haare sind nach hinten gekämmt. Er trägt einen roten Trainingsanzug von Adidas. Die drei Streifen ziehen sich über die gesamte Fläche. Es sieht schrecklich aus.

Janosch meint, Florian wäre es egal, wie er aussehe. Hauptsache, er sehe überhaupt irgendwie aus, meint er. Damit habe er keine Probleme. Er würde sich einfach anziehen. So, wie sich jeder irgendwie anzieht. Nur mit dem Unterschied, daß bei ihm manchmal grausige Kombinationen herauskämen. Einmal sei er sogar mit zwei verschiedenen Socken in die Schule gekommen. Das bemerke er gar nicht. Das sei ihm alles egal. Und deswegen sei es schon wieder lustig, meint Janosch.

Hinter ihnen laufen die beiden Felixe. Sie sind mit mir die einzigen, die einen Rucksack dabeihaben. Kugli einen roten – Felix einen blauen. So nebeneinander sehen sie komisch aus. Still laufen sie hinter den anderen her. Sie haben gut fünf Meter Abstand zu Janosch und Florian. Doch das stört nicht.

Gemächlich laufen sie weiter. Kugli trägt einen blauen Wollpullover und eine braune Hose aus Waschcord. Seine Augen sind feucht. Auf dem Kopf hat er eine rote Ferrari-Mütze. Der dicke Felix liebt Ferrari. Er besitzt einen großen Katalog mit allen Modellen. Nachts nimmt er ihn sogar mit ins Bett und riecht daran. Sein größter Wunsch ist es, einmal in einem Ferrari zu fahren. Ohne Verdeck und so. Felix würde bestimmt schreien, wenn es einmal dazu käme.

Der dünne Felix trägt ein grünes Sweatshirt mit Kapuze. Sie reicht ihm weit bis über die Stirn. Seine schnellen, dunklen Augen blitzen darunter hervor. Seine Füße stekken in weißen Turnschuhen. Nike. Der dünne Felix ist ein Turnschuh-Liebhaber. Damit kennt er sich aus. Tausend Stück hat er davon in seinem Schrank. Später will er sogar selbst mal Turnschuhe kreieren. Ob das nicht verrückt wäre, meint Florian.

Hinter den beiden läuft Troy. Er schläft beim Gehen fast ein. Seine kleinen Ringelaugen werden schwer. Troy trägt ein schwarzes Regencape. Dabei regnet es eigentlich nicht. Das Cape hat Troy von seinem Bruder bekommen. Der wird nicht mehr lange leben. Vielleicht zwei Monate noch. So heißt es. Manchmal, nach großem Alkoholkonsum, spricht Troy von ihm. Der Bruder heißt Nikolas oder so. Ist genau ein Jahr älter als Troy. Troy liebt ihn. Wie verrückt liebt er ihn. Er will ihn nicht verlieren. In aufregenden Situationen trägt er deshalb immer das Regencape. Um bei seinem Bruder zu sein. Um ihn nicht alleine zu lassen. Janosch sagt, das sei tapfer. Ich glaube, da hat er recht. Hinter ihm, ein wenig abseits, laufe ich. Es ist die übliche Sache. Mein Gang ist langsam und schwerfällig. Mein linker Fuß schleift. Am liebsten würde ich ihn abschlagen. Ich trage mal wieder ein *Pink Floyd*-T-Shirt. Diesmal von dem Album *The Division Bell*. Zwei große Steine sind darauf abgebildet. Mit Augen und Mündern. Sie sehen aus, als sprächen sie miteinander. Von weitem könnte man sogar denken, sie wären eins. Typisch *Pink Floyd*. Ich liebe *Pink Floyd*. Janosch sagt, die Musik sei *crazy*. Aber genau deswegen liebe ich sie. *We don't need no education* geht einfach unter die Haut. So ist es halt. An den Beinen trage ich eine blaue Jeans. Levis. Ich habe sie von meiner Schwester bekommen. Sie sagt, sie wäre gut zum Frauen-Anbaggern. Schließlich wisse sie ja, wovon sie spreche. Keine Ahnung. Irgendwie ist es toll, eine lesbische Schwester zu haben. Die hat immer hübsche Freundinnen. Allerdings sind die auch meistens lesbisch. Janosch sagt, das sei cool. Man müsse sie eben nur zum richtigen Geschlecht bekehren oder so. Janosch meint, alle lesbischen Frauen würden im geheimen von einer Bekehrung träumen. Ich weiß nicht, ob das stimmt. Auf alle Fälle ist so eine Bekehrung ganz schön schwierig. Ich habe es mal versucht.

Sie hieß Manuela oder so und war schon fast zwanzig. Ich war erst vierzehn. Und über beide Ohren in sie verknallt. Sie war ungefähr 1,79 m groß und hatte braunes, schulterlanges Haar. Ihre Augen waren wie das Meer. Blau und weit. Ich werde sie so schnell nicht vergessen, glaube ich. Einmal hat sie mich sogar geküßt. In dem Zimmer meiner Schwester. Sie war gerade nicht da. Wir haben ferngesehen. *Stirb langsam* oder so. Und auf einmal hat sie sich zu mir hinübergebeugt. Ich wäre fast gestorben. Mein lieber Mann – konnte die küssen. Allerdings wurde nie etwas Ernstes daraus. Sie hat gesagt, ich wäre zu seltsam. Wie immer. Janosch sagt, er könne das verstehen. Er fände mich auch seltsam. Allerdings auf eine positive Art. *Crazy* eben. Er sagt, ich wäre die verrückteste Person, die er je getroffen habe. Florian meint, ich solle mir ja nichts darauf einbilden. Das würde Janosch zu jedem sagen. Aber wir kommen trotzdem immer gut miteinander zurecht. Immerhin wohnen wir schon seit vier Monaten zusammen in einem Zimmer.

9

Aus der Ferne sehe ich die Bushaltestelle. Ein einfaches Schild mit einer Bank davor. Direkt an der Hauptstraße. *Bushaltestelle Neuseelen* ist auf dem Schild zu lesen. Die Bank ist aus dunkelbraunem Buchenholz. Der gestrige Regen versickert in den Bankritzen. Ab und an tropft ein wenig Wasser auf den Asphalt. Am Rand der Bank sitzt ein älterer Herr. Er ist sehr hager. Sein weißes, strohiges Haar ist wirr. Er trägt einen grünen Regenmantel, der ihm bis zu den Füßen reicht. Schwarz glänzende Halbschuhe schauen darunter hervor. Der Regenmantel wird durch einen einzigen Knopf zusammengehalten. Der Alte schaut auf, als wir näher kommen. Janosch ist vorausgelaufen. Florian, die beiden Felixe und Troy kommen nach. Ich folge ihnen. Die anderen warten am Schild. Ihre Gesichter drücken sich an die Fahrpläne.

»Kommt ihr vom Schloß?« fragt der Alte. Seine Stimme ist tief und kräftig. Die Jungs drehen sich um. Kugli ergreift als erster das Wort.

»Ja«, antwortet er. »Wir haben Ausgang.«

Die Augen des Alten ziehen sich zusammen. Sie schimmern hell. Der Alte preßt die Lippen aufeinander.

»Führt einen alten Mann nicht hinters Licht«, sagt er. »Ein alter Mann ist vielleicht taub. Vielleicht blind. Vielleicht ein Krüppel. Aber ein alter Mann hat schon zu oft das Lied des Lebens gesungen, als daß man ihn hinters Licht führen sollte. Ihr habt keinen Ausgang. Habe ich recht? Ihr haut ab.«

»Abhauen?« fragt Kugli. »Och, so was aber auch.«

»Das Lied des Lebens?« fragt Janosch. »Was soll das denn sein?«

»Die unverkennbaren Dinge des Menschendaseins«, erwidert der Alte. »Das, was man nicht verstecken kann: Trauer, Freude, Wind.«

»Was hat denn der Wind damit zu tun?« frage ich.

»Der Wind, der Trauer und Freude miteinander vermischt«, antwortet der Alte. »Der, wenn nötig, alles auseinanderreißt. Oder zusammenbringt. Wie immer du es nennst.«

»Sind Sie so etwas wie ein Weiser oder ein Seher?« fragt der dünne Felix.

Der Alte lacht. Das Lachen klingt wie eine heranrollende Dampfwalze. Gewaltsam bahnt es sich seinen Weg. Die Jungs schauen verstohlen umher. Ich setze mich.

»Ich bin kein Seher«, antwortet der Alte. »Und, soweit ich weiß, bin ich auch nicht weise. Ich bin nur ein alter Mann. Und ich habe das Leben gesehen. Das genügt, um seinen Senf dazuzugeben.«

»Werden wir auch mal so?« fragt Kugli.

»Wie?« will der Alte wissen.

»Na ja. So … alt … eben.«

»Alt wirst du bestimmt, mein Junge. So ist das Leben. Alles an dir wird alt: Deine Seele, dein Herz, deine Ansichten. Auch wenn du dich vielleicht so schnell nicht änderst – deine Ansichten tun es bestimmt. Und deine Träume auch. Irgendwann sind sie alt. Genauso wie du!«

»Aber wenn sie alt sind – sind sie dann noch gut?« fragt Kugli. »Warum müssen die Träume denn alt werden?«

»Um Leben zu hinterlassen«, antwortet der Mann.

»Um Leben zu hinterlassen?« wiederholt Kugli. »Das

verstehe ich nicht. Muß man denn etwas Altes hinterlassen, um etwas Neues zu bekommen?«

»Ich schätze schon«, antwortet der Alte. »So bleibt alles in Bewegung.«

»Aber kann es denn nicht mal stillstehen?« fragt Kugli. »Warum laufen wir eigentlich immer weiter? Wir könnten genauso gut stehenbleiben. Verschnaufen. Das Erreichte gemütlich betrachten.«

»Nein, das könnten wir nicht«, antwortet der Alte.

»Aber wieso nicht?« fragt der dicke Felix.

»Weil sonst alles stehenbleiben müßte«, antwortet der Alte. »Um das Erreichte gemütlich zu betrachten, müßten sowohl wir als auch das Erreichte selbst stehenbleiben. Und wenn wir stehen, kann es nie mehr etwas neues Erreichtes geben. Es wäre ein ewiges Stehen. Mein Junge, mal ehrlich: Was wäre dir lieber? Ein ewiges Stehen oder ein ewiges Laufen?«

»Sie haben gerade das Lied des Lebens gesungen, nicht wahr?« fragt Kugli. »Wird es ein jeder mal singen, wenn er alt geworden ist?«

»Das kommt darauf an«, erwidert der Alte. »Ob man alt wird oder nicht, entscheidet der Zufall. Und ob man das Lied des Lebens singt oder nicht, entscheidet der liebe Gott. So einfach ist das.«

»Das nennen Sie einfach?« fragt der dicke Felix. »Das ist alles viel zu kompliziert. Ich glaube, ich will weder alt werden, noch will ich das Lied des Lebens singen. Eigentlich ist es viel einfacher, in einer Welt zu leben, die man nicht versteht. Ich will nicht alt werden. Alt werden ist zu *crazy* für mich. Da bleibe ich lieber ich selbst. Felix Braun. Sechzehn Jahre alt. 1,64 m groß. Basta.«

»Das ist alles nur Zufall«, antwortet der Alte.

»Das ist kein Zufall«, entgegnet Janosch. »Es gibt keinen Zufall. Es gibt nur Schicksal.«

»Ist es denn Schicksal, daß wir uns hier begegnen?« fragt der Alte.

»Vielleicht«, antwortet Janosch. »Vielleicht ist es auch einfach nur Pech. Ich bin sechzehn Jahre alt. Das Leben geht weiter. Es geht immer weiter. Ich will mir nicht von Leuten, die weiter sind als ich, erklären lassen, wie man läuft. Ich mußte die letzten sechzehn Jahre ohne Sie laufen, und ich werde höchstwahrscheinlich auch die nächsten, so Gott will, fünfundsechzig Jahre ohne Sie laufen müssen. Also lassen Sie mich einfach in Frieden. Daß Sie das Lied des Lebens singen, ist ja schön! Gehen Sie doch damit ins Altersheim und bringen Sie es den Leuten bei! Die würden sich freuen. Aber lassen Sie mich leben. Und lassen Sie sich auch leben. Es ist ja alles schon schlimm genug. Wir fliehen gerade aus dem Internat. Und ich glaube, wir werden unser jugendliches Leben noch brauchen. Gehen Sie mit Ihrem beschissenen Lied woanders hin!« Janoschs Augen ziehen sich zusammen. Er ist böse.

»Ist euer Freund immer so grob?« fragt der Alte.

»Klar – der hat das Wort *grob* erfunden«, antwortet Kugli.

»Als ich noch selbst oben im Internat Neuseelen war, hatten wir auch so einen. Unseren Anführer. Der war auch so grob. Er hieß Xaver Mils. Ich weiß nicht, was aus ihm geworden ist. Ich glaube, er war Bildhauer oder so. Lange Zeit. In München. Seit fünfzig Jahren habe ich schon nichts mehr von ihm gehört. Vielleicht lebt er gar nicht mehr. So wie ich das sehe, dürfte nur mehr ich selbst übrig sein. Aber so ist es. Das Leben. Ihr habt gesagt, ihr flieht? Wo wollt ihr denn übernachten? Wenn euer Weg nach München führt, sehe ich schwarz für euch. Da bekommt ihr so schnell bestimmt nichts. Ich würde euch aber nicht raten, auf der Parkbank zu schlafen. München ist gefährlich. Besonders bei Nacht. Da streifen komische Typen herum, kann ich euch sagen. Vielleicht wäre es am besten, wenn ihr bei mir bleibt. Ich habe eine kleine Eigentumswohnung in München-Schwabing. Sie ist zwar nicht groß, aber für euch könnte sie reichen. Wenigstens passiert euch dort nichts. Da könnt ihr sicher sein. Seit fünfundzwanzig Jahren wohne ich schon dort. Alleine. Und noch nie ist mir etwas passiert. Da ist es auf dem Neuseeler Friedhof, wo meine Frau liegt, gefährlicher. Wenn ich mich richtig erinnere, habe ich sogar noch ein paar Decken.«

Kugli, Florian und der dünne Felix drehen sich um. Sie überlegen. Janosch macht ein zorniges Gesicht. Er setzt sich zu mir auf die Bank.

»Ich mag diesen Alten nicht«, flüstert er. »Er ist so komisch. Irgendwas stimmt mit ihm nicht. Ich würde nur ungern mit ihm in seine Wohnung gehen. Der ist doch verrückt.«

»Das kannst du doch gar nicht wissen«, antworte ich. »Vielleicht ist er nur ein aufgeschlossener alter Mann. Der das Beste für uns will. Du hast doch gehört – er war selbst Schüler in Neuseelen. Wahrscheinlich meint er es nur gut mit uns. Vielleicht kennt er unsere Probleme, und er ist doch ein Seher oder so.«

»Er ist ein Spinner«, antwortet Janosch. »Und meine Mutter hat mir beigebracht, daß man auf Spinner nicht hören soll. Man soll ihnen aus dem Weg gehen.«

»Dann müßten *dir selbst* aber auch viele aus dem Weg gehen«, antworte ich. »Wir sind doch alle Spinner. Er ist eben einfach nur alt.«

»Genau das ist es«, antwortet Janosch. »Er ist alt, und wir sind jung. Das paßt nicht. Das hat noch nie gepaßt. Alte Leute haben eine ganz andere Lebenseinstellung. Die mögen uns nicht. Und wir mögen sie nicht. Kein Jugendlicher dieser Welt würde jetzt mit diesem Alten nach München fahren. Was sucht er überhaupt hier? Er wohnt doch in München.«

»Wahrscheinlich war er am Grab seiner Frau«, antworte ich. »Der hat einen guten Grund, hier zu sein.«

»Ich traue der ganzen Sache nicht«, erwidert Janosch. »Vielleicht ist er einfach ein Angestellter vom Internat. Der uns dann verpetzt oder so.«

»Der verpetzt uns nicht«, antworte ich. »Laß uns mit ihm fahren. Flo und die anderen sind derselben Meinung. Stimmt's, Jungs?«

»Wir fahren zusammen mit dem Alten«, sagt der dicke Felix. »Der ist in Ordnung. Und auf alle Fälle ist es besser, als auf der Parkbank zu übernachten. Bei ihm sind wir gut aufgehoben, glaube ich. Bist du dabei, Janosch?« Janoschs Blick verdüstert sich. Grelle Blitze funkeln in seinen Augen. »Kann mir vielleicht jemand von euch sagen, warum ausgerechnet *wir* immer jeden Scheiß als erstes machen?« will er wissen.

»Weil wir leben«, antwortet Florian. »Und weil wir jung sind.«

»Das ist kein Argument«, entgegnet Janosch.

»Natürlich ist das ein Argument«, sagt Florian. »Wir sind einfach da. Und solange wir da sind, können wir auch jeden Scheiß als erstes machen.«

»Ist das so, Lebert?« fragt Janosch.

»Ich denke, das ist wohl so«, antworte ich.

Der dicke Felix tritt an den alten Herrn heran. »Wir kommen mit Ihnen«, sagt er. »Der Bus dürfte in fünf Minuten hier eintreffen.«

Janosch schaut zum Himmel. Es ist schon ziemlich dunkel geworden. Die Hauptstraße liegt düster und verlassen vor uns. Ich fürchte mich ein wenig. Das ist alles schon tierisch aufregend. So etwas habe ich noch nie gemacht. Ich glaube, diesen Satz kann ich inzwischen am Ende eines jeden Tages im Internat Neuseelen sagen. Irgendwie ist alles aufregend. Ist alles neu. Dabei bin ich inzwischen auch schon wieder vier Monate hier. Erstaunlich, wie schnell die Zeit verstreicht.

»Ich weiß, daß ich nichts weiß«, wirft Janosch in diesem Augenblick ein. »Das hat doch mal irgend so ein Philosoph gesagt, oder?«

»Keine Ahnung«, antworte ich. »Muß man das denn wissen?«

»Was muß man wissen?« fragt Janosch. »Daß man nichts weiß?«

»Nein«, entgegne ich. »Ob man wissen muß, wer diesen Satz gesagt hat.«

»Ach so«, antwortet Janosch. »Ja, ich glaube, das muß man wissen.«

»Und wer hat ihn gesagt?« frage ich.

»Keine Ahnung«, erwidert Janosch. »Aber eigentlich ist es auch egal. Philosophen sind sowieso nur Penner. Die denken, daß sie alles erklären müssen. Dabei gibt es doch gar nichts zu erklären. Sie müssen sich in der Welt nur umschauen. Dann wissen sie schon, daß sie verdammt schön ist. Ihre Sätze sind schwachsinnig.«

»Du hast wahrscheinlich recht, Janosch«, antworte ich.

»Obwohl – den Satz *Ich weiß, daß ich nichts weiß* kann ich eigentlich immer recht gut gebrauchen. In Mathe zum Beispiel.«

»Aber für Mathe ist dieser Satz in der Regel nicht gedacht«, antwortet Janosch.

»Für was dann?« frage ich.

»Na, für uns«, antwortet Janosch.

»Für uns?« frage ich.

»Ja, für uns. Um zu erklären, daß man eigentlich nichts wissen muß, um *crazy* zu sein.«

»Dieser Satz hat doch mit *crazy* nichts zu tun«, antworte ich.

»Doch«, antwortet Janosch. »Dieser Satz ist *crazy*.«

»Ich verstehe diesen Satz nicht«, antworte ich. »Vielleicht ist er einfach zu *crazy*. Hauptsache, alles geht weiter. Und wir alle finden unseren Weg.«

»Unseren Weg nach München?« fragt Janosch.

»Unseren Weg überallhin«, erwidere ich. »Möchtest du nicht überallhin?«

»Ich glaube, jeder Ort, an dem wir uns befinden, ist *überallhin*«, erwidert Janosch. »Du darfst einfach nie deinen Verstand einsperren lassen, dann lebst du immer nach *überallhin*.«

*

In der Ferne erkennt man ein Scheinwerferpaar. Geschwind kommt es auf der Hauptstraße näher. Kräftig und breit tasten die quadratischen Lichter den Asphaltboden ab. Der Dieselmotor heult jaulend auf, als der Linienbus vor dem Schild zum Stehen kommt. Er ist mindestens zwölf Meter lang. An seinen Seiten sind viereckige Werbetafeln befestigt. Ein Mineralwasser wirbt hier für seine bestechende Wirkung. Die Türen öffnen sich automatisch. Das Türglas schiebt sich vor die Werbetafeln, so daß das rotblaue Wappen des bestechenden Mineralwassers nun durch das dunkelbraune Plexiglas schimmert. Wir betreten den Bus. Zuerst Florian, die beiden Felixe, Troy und Janosch. Der alte Herr und ich bilden das Schlußlicht. Auf den drei Stufen, die ins Innere des Busses führen, bleibt der alte Herr stehen. Mit funkelnden Augen dreht er sich zu mir um. Er reicht mir seine Hand. Ich umfasse sie. Die langen, ungepflegten Fingernägel graben sich in meinen Handrücken. Zu gern lasse ich seine Hand wieder los.

»Ich habe mich noch gar nicht vorgestellt«, sagt er. »Wie unhöflich von mir. Mein Name ist Sambraus. Marek Sambraus. Ein komplizierter Name. Ich weiß. Aber man vergißt ihn nicht!«

Sambraus dreht sich wieder zum Busfahrer um.

»Zweimal nach Rosenheim, bitte!« sagt er.

Der Busfahrer kramt zwei rote Billetts aus einer neben dem Lenkrad gelegenen Schublade hervor und reicht sie Sambraus. Dieser entwertet sie an einem blauen Entwertungskasten. Als er die Fahrkarten hineinschiebt, ertönt ein klingelnder Laut. Die eine Fahrkarte steckt er in seine Hosentasche, die andere reicht er mir. Mit blauer, kursiv gedruckter Schrift ist *Haltestelle Neuseelen* darauf gestempelt worden. Und die Uhrzeit. Es ist inzwischen 19:15 Uhr.

10

Die anderen warten zwischen den Sitzreihen. Wir sind fast alleine. Nur zwei Leute befinden sich sonst noch im Bus. Sie sitzen weit hinten. Ein Liebespaar. Verstohlen pressen sie ihre Gesichter an das Fenster. Florian und der dicke Felix drehen sich immer wieder zu ihnen herum. Die beiden sitzen genau drei Reihen vor dem Pärchen. Damit sie es auch ja gut im Blick haben. Schließlich will man ja nichts versäumen. Durch die Fenster strömt die Nacht. Nur mit Mühe erkennt man Konturen. Die Straße. Die Felder. Ein paar Hügel. Es ist die typische, bayerische Landschaft. Troy und der dünne Felix setzen sich zusammen in die erste Reihe. Troy möchte ans Fenster. Er sieht gern in die Nacht hinaus. Der dünne Felix kramt aus seinem Rucksack einen Walkman hervor. Immerhin müssen wir eine halbe Stunde fahren. Vielleicht auch mehr. Je nach Verkehr und Wetterlage. Aber ich glaube, da haben wir heute nacht nicht allzu Schlimmes zu befürchten. Sambraus setzt sich alleine hin. Direkt in die Mitte. Auf den äußeren Sessel. Das Fenster hat es ihm wohl nicht so angetan. Aber er schläft sowieso gleich ein. Seine grünen Augen versinken in den faltigen Lidern. Sein Kopf fällt auf die Brust. Sambraus schläft. Tief atmet er ein und aus.

Janosch und ich setzen uns nach hinten. In die letzte Reihe. Gleich neben das Liebespaar. Ich darf ans Fenster. Das freut mich. So kann ich ein wenig nachdenken. Zur Ruhe kommen. Über den schwarzen Himmel fliegen die

Vögel. Bestimmt haben sie noch einen weiten Weg. Er ist sicher weiter als unserer. Obgleich unser Weg auch nicht der einfachste ist. Janosch holt ein Blatt Papier und einen Stift aus seiner Hosentasche.

Ich schaue wieder aus dem Fenster. Wir fahren gerade an ein paar Feldern vorüber. Die weißen Streifen der Landstraße sausen unter uns vorbei. Am Horizont erkennt man die Alpen. Ein kleines Waldstück sprengt diese Aussicht. Mächtige Tannen erheben sich in der Dunkelheit. Über ihnen schwebt der sichelförmige Mond. Er wirft ein wenig Licht auf die Felder hinab. Weit in der Ferne steigt ein wenig Rauch auf. Ich muß an meine Großeltern denken. Schon seit Ewigkeiten sind sie für mich da. Besonders mein Großvater. Er ist einer jener Großväter, die man gern als Vater gehabt hätte. Ein alter, bescheidener Mann, der den stetigen Kampf mit dem Leben führt. Mutig und tapfer. Meine Mutter sagt, er würde es nicht mehr lange machen. Irgendwann müsse er aufgeben. Krebs sei eben doch eine schwierige Sache, meint sie.

Meine Mutter liebt meinen Großvater. Manchmal frage ich mich, ob sie ihn nicht sogar mehr liebt als seinen Sohn. Ihren Ehemann. Meinen Vater. Aber ich kann es verstehen. Mein Großvater ist wirklich ein toller Mensch. Ich möchte ihn nicht verlieren. Immer, wenn ich Probleme hatte, bin ich zu ihm gefahren. Er hat dann mit mir zusammen ein großes Feuer angezündet. Im Kamin. Es war unser Feuer. Oft saßen wir drei Stunden davor und haben über die Zeit geredet. Einfach so. Wie alles vorüberstreicht. Mein Großvater ist viel weiser als ich. Vieles, das er gesagt hat, kann ich gar nicht vernünftig wiedergeben. Aber ich weiß, daß ich es in meinem Herzen so lange aufheben kann, bis ich es verstehe. Meine Großeltern woh-

117

nen in einem alten Landhaus außerhalb der Stadt. Es ist wunderschön. Viele tausend Male bin ich dort gewesen. Und viele tausend Male habe ich meinen Großvater gesehen. Das werde ich in Zukunft wohl seltener tun können. In letzter Zeit liegt wenig Holz vor dem Kamin.

»Du hast doch einen Zweier in Deutsch, oder?« fragt Janosch und schaut mich mit bittenden Augen an.

»Nein, ich habe einen Fünfer«, antworte ich. »Das weißt du doch. Ich kann keine Aufsätze schreiben.«

»Weißt du vielleicht trotzdem, wie man einem Mädchen sagt, daß man es liebt?«

»Einem Mädchen?« frage ich. »Was machst du denn da?«

»Nun ja«, antwortet Janosch, »ich versuche einen Liebesbrief zu schreiben oder so etwas Ähnliches.«

Ich lache.

»An Malen?« frage ich.

»Ja, an Malen«, antwortet er. »Aber das ist alles irgendwie nicht so einfach, weißt du. Ich bin nun mal kein Romantiker. Ich habe ja schon bei einem Diktat immer zwanzig Fehler.«

»Hast du vielleicht schon mal darüber nachgedacht, ob du deshalb einen Sechser in Deutsch hast?« frage ich.

»Diese Möglichkeit habe ich nicht ausgeschlossen«, antwortet Janosch. »Aber das interessiert jetzt nicht. Ich muß einen Liebesbrief an Malen schreiben. Das ist alles so kompliziert geworden. Früher mußte man ein Mädchen einfach nageln. Dann hatte man sie. Heute muß man seinen beschissenen Verstand aufs Papier bringen, um Eindruck zu schinden. Ich kann meinen beschissenen Verstand aber nicht aufs Papier bringen. Ich bin nun mal nicht Kafka.«

»So beruhige dich doch«, antworte ich. »Du mußt doch

gar nicht Kafka sein. Schreib' doch einfach, wie du dich fühlst.«

»Soll ich aufschreiben, ich fühle mich scheiße?«

»Nicht, was du jetzt fühlst! Sondern, was du in bezug auf Malen fühlst.«

»Und was fühle ich?« fragt Janosch. »Daß ich sie nageln will?«

»Nein«, entgegne ich. »Daß du sie liebst. Schreib doch einfach, daß du sie liebst.«

»Das kann ich nicht«, antwortet Janosch. »Sie würde mir eine Ohrfeige geben.«

»Aber das würde sie doch dann auch tun, wenn du ihr als Kafka *ich liebe dich!* sagst.«

»Nein, würde sie nicht. Kafka ist *crazy*. Außerdem stehen Mädchen auf Literaten.«

»Mädchen stehen auf Leonardo DiCaprio«, antworte ich.

»Da hast du allerdings recht«, erwidert Janosch. »Soll ich als Leonardo DiCaprio *ich liebe dich!* sagen?«

»Du sollst als Janosch Schwarze *ich liebe dich!* sagen«, antworte ich.

»Hab' ich es doch gleich gewußt«, entgegnet Janosch.

»Siehst du! Einen Liebesbrief schreiben ist doch gar kein Problem! Mädchen machen ein großes Geschiß darum. Bei Jungen ist das anders. Die sind *crazy*. Haben keine Probleme damit. Bei denen läuft die Feder wie von selbst. Also, was soll ich jetzt schreiben?«

»Schreib *Malen, ich liebe dich!*« schlage ich vor.

»*Malen, ich liebe dich?* Also gut.«

Janosch schreibt mit dem roten Filzstift auf das Papier. Seine Schrift ist ordentlich und gerade. Man erkennt jeden Buchstaben.

»Und weiter?« fragt er.

»Was gefällt dir denn an ihr am besten?« frage ich. »Versuch das Beste von ihr in den Himmel zu heben. Darauf stehen die Weiber.«

»Wie macht man das denn?« fragt Janosch.

»Mit deinem Herzen«, entgegne ich.

»Mit meinem Herzen?« fragt Janosch. Er überlegt. Seine Augenbrauen rücken dichter aneinander. Sie berühren sich fast.

»Ich glaube, ich nagle sie doch lieber«, sagt er schließlich. »Das ist einfacher. Liebesbriefe sind sowieso nur etwas für Penner. Was mein Verstand nicht schafft, gelingt meinem Schwanz vielleicht. Das mußt du doch wissen! Wie geht es eigentlich deiner Marie?«

Ich lehne mich zurück.

»Ganz gut soweit«, sage ich. »Sie läuft zwar immer noch vor mir weg. Aber ansonsten, glaube ich, geht es ihr ganz gut.«

»Komisches Weib«, entgegnet Janosch. »Erst läßt sie sich von dir nageln, und dann läuft sie vor dir weg. Das verstehe ich nicht.«

»Tja – ich auch nicht«, erwidere ich. »Aber es ist wohl so.«

»Stimmt«, gibt Janosch zur Antwort. »Eigentlich sind alle Mädchen so. Mädchen sind halt seltsam.«

»Seltsam und geil«, antworte ich.

»Vielleicht sind sie auch so geil, weil sie so seltsam sind«, sagt Janosch.

»Ja«, antworte ich. »Oder sie sind so seltsam, weil sie so geil sind.« Wir lachen. Janosch drückt meinen Kopf gegen die Fensterscheibe.

»Warum hat Gott die Mädchen eigentlich erschaffen?«

fragt Janosch. »Warum sind sie so geil? Er hätte sie doch genausogut als häßliche Viecher in die Welt setzen können.«

»Aber das ist es doch gerade«, antworte ich. »Solange sie geil sind, will jeder sie ficken. Und solange jeder sie fickt, bleibt die Menschheit erhalten. Ja – Gott ist schon cool.«

»Gott ist *crazy*«, entgegnet Janosch. »Gott ist ein Lustmolch. Der wußte, was er wollte.«

»Gott weiß immer, was er will«, erwidere ich.

»Und was will er jetzt gerade?« fragt Janosch.

»Er will, daß wir gut nach München kommen«, entgegne ich. »Daß wir leben. Und tun wir das?«

»Natürlich tun wir das«, antwortet Janosch. »Wir leben. Immer werden wir leben. Wir werden so lange leben, bis es nichts mehr zu leben gibt.«

»Bist du da sicher?« frage ich.

»Aber hallo«, entgegnet Janosch. »Du hast es doch selbst gesagt. Gott will, daß wir leben. Und das tun wir auch. Ob wir das dann richtig oder falsch getan haben, das soll er schließlich selbst entscheiden. Wenn wir mal vor ihm stehen.«

»Werden wir das denn?«

»Irgendwann sicher«, entgegnet Janosch. »Und ich glaube, dann hole ich mir ein Autogramm von ihm.«

»Du willst dir ein Autogramm von Gott holen?« frage ich.

»Klar«, entgegnet Janosch. »Da kommt man sonst ja nicht so oft dazu.«

»Du bist wahnsinnig«, sage ich. »Meinst du wirklich, Gott gibt dir ein Autogramm?«

»Gott gibt jedem ein Autogramm«, erwidert Janosch.

»Soviel Zeit hat er. Außerdem, glaube ich, hat er keine Staralüren.«

»Das weißt *du* doch nicht«, entgegne ich. »Gott ist doch der Star schlechthin. Meinst du nicht, daß es da unhöflich wäre, gleich ein Autogramm von ihm zu verlangen?«

»Nein. Gott wäre sicher geschmeichelt. So oft kommen Autogrammjäger ja auch nicht bei ihm vorbei.«

»Du bist verrückt«, entgegne ich.

11

Ich schaue wieder aus dem Fenster. Langsam wird es heller. Die grellen Lichter von Rosenheim dringen zu uns herein. Wir sind bald da. Über die Landstraße bläst ein heftiger Wind. Blätter und Äste werden über die Fahrbahn gepustet. Die Laster und Pkws bremsen oft ab. Irgendwo muß ein Popkonzert sein. Rote Laserstrahlen kreisen um die schmutzige Stadt. In der Mitte treffen sie sich. Bleiben kurz stehen. Dann kreisen sie weiter. Laufen aneinander vorbei. Ausgerechnet jetzt muß ich an Mathematik denken. An Falkenstein. Meinen Lehrer. Er sagt, er sehe für meine Zukunft schwarz. Das könne ich gleich vergessen, meint er. Die Nachhilfe sei unnötig. Ich wäre einfach zu blöd. Vielleicht hat er recht. In letzter Zeit nimmt er mich häufig beim Ausfragen dran. Weil er weiß, daß ich nichts verstehe. Das befriedigt ihn irgendwie. Es ist schon ein richtiger Psychokrieg geworden. Aber so ist eigentlich die ganze Schule. Das hat mit dem Internat nichts zu tun. Die Schule *an sich* ist ein reiner Psychokrieg. Da muß man es ja schwer haben. Für einen Sechzehnjährigen ist das ziemlich hart. Man ist noch ziemlich jung und wird schon derartig verarscht. Von einem Typen, der sich Lehrer nennt. In Bayern ist das besonders schlimm. Da zählen nur kleine, programmierte Computerkinder, die von morgens bis abends für die Schule lernen. Die werden gefördert. Der Rest wird fallengelassen. *Wissen ist nicht Weisheit* zählt bei denen nicht. Es sind einfach alles Wichser wie Falkenstein. An einem ganz normalen Ausfragetag befiehlt er uns, die Bücher zu schließen. Mit stechendem Blick sucht er ein Opfer. Schon dann habe ich eigentlich genug. Er droht an, er werde nun jemanden befragen. An der Tafel. Vor allen. Wehe, einer könne das nicht. Langsam erhebt er sich von seinem Lehrerstuhl. Der Schweiß läuft mir über die Stirn. Ich will nicht ausgefragt werden. Warum sagt er nicht gleich, wer drankommt? Oder warum trägt er mir nicht gleich einen Sechser ein? Das wäre einfacher. Warum muß er mich so quälen? Ich hasse es, vor der Klasse zu rechnen. Ich blamiere mich immer. Ich zittere. Bin nervös. Falkensteins Finger tippeln über Franzens Tisch. Franz ist mindestens genauso nervös wie ich. Das Zeug ist ohnehin schwierig. Und Falkenstein kann so richtig gemeine Aufgaben stellen.

»Na, Franzi?« fragt er. »Hast du dich gut vorbereitet?« Franzi lehnt sich zurück. Streckt seine Arme vor.

»Doch«, sagt er flüsternd. *Doch* ist gut. Mit *Nein* wäre er drangekommen. Mit *Ja* wahrscheinlich auch. Mit *Doch* ist die Gefahr noch einmal an ihm vorübergegangen. Falkenstein geht weiter. Er spielt mit der Federmappe von Melanie. Jeder Schüler hier will die Last des Ausfragens auf einen anderen schieben. Ist der Name des Pechvogels schließlich verkündet, so sind die Restlichen meistens ziemlich froh. Erleichtertes Seufzen macht dann die Runde. Für den Pechvogel jedoch ist es dann doppelt schwer. Alles Teil des Plans, würde ich sagen. Falkenstein blickt auf. Ich zittere. Weiß gar nichts mehr. Die wenigen gespeicherten Brocken aus dem Unterricht sind der Aufregung zum Opfer gefallen. Ich scheiße mir schon fast in die Hosen. Mein Magen bläht sich auf. Gänsehaut huscht über meinen Körper. Ich komme dran. Es muß ja so sein.

Falkenstein sagt mit einer tiefen, kräftigen Stimme: »Lebert! So zeigen Sie uns, wofür ich so lange geredet habe.« Das sagt er immer so. Ich hasse es, wie er es sagt. Wie er Lebert sagt. So, als wolle er mich erschießen. Als brächte er mich zum Galgen. Und das tut er auch. Wie in Trance erhebe ich mich. Schwitze. Bin leer. Meine Gedanken drehen sich um nichts. Nur um das Stück Kreide, das ich in die Hand gedrückt bekomme. Die anderen Schüler atmen hörbar auf. Ich schlucke. Spiele mit der Kreide. Sie fühlt sich rauh an. Trocken. Ich lasse sie auf meiner Handfläche wandern. Sie färbt ab. Meine ganzen Finger sind schon weiß. Ich schaue zur Tafel hinüber. Ich mag diese Tafel nicht. Alles, was an sie geschrieben wird, muß man behalten. Für immer. Man darf es nicht vergessen. Und alles, was man beim Ausfragen an die Tafel schreibt, muß schon einmal dort gestanden haben. Falkenstein macht ein paar Angaben. Ich schreibe sie auf. Horche dem streichenden Laut der Kreide. Jetzt muß ich die Aufgaben lösen. Warum stehe ich eigentlich hier? Ich weiß es nicht. Male ein Zeichen. Zwei. Einen Kreis. Falkenstein ist nicht zufrieden. Er entläßt mich wieder auf meinen Platz. Als ich an den anderen Schülern vorbeigehe, schauen sie zu mir auf und machen ein verzerrtes Gesicht. Ein paar wenige lachen. Ich schaue zu meiner Zeichnung an der Tafel hinüber. Sie sieht schrecklich aus. Wie das Werk eines Fünftkläßlers. Ich schäme mich. Leider kann ich es nicht besser. Die Krankengymnastin, bei der ich immer bin, sagt, das läge an meiner Behinderung. Mir fehle etwas Logisches oder so. Es sei eben doch nicht nur eine körperliche Sache. Deswegen mein Mathe-Sechser. Aber so einfach kann es doch nicht sein. Ich meine, Mathe muß doch jeder Mensch irgendwie be-

zwingen können. Auch so ein Penner wie ich. Ich bin frustriert. Ziehe einen abgebrochenen Bleistift aus der Federtasche hervor. *Built your own future* ist darauf zu lesen. Daß ich nicht lache. Ich habe noch nicht einmal das Gerüst aufgebaut. Aber gut. Ich bin sechzehn. Das Leben liegt noch vor mir. Das sagt man doch so, oder? Nach dem Unterricht kommt Falkenstein: »Das mit deinem Abschluß kannst du vergessen«, sagt er. »So wie ich es sehe, müssen wir froh sein, wenn das Kultusministerium für dich keine Note 8 einführt.«
Er grinst ein großes, breites Grinsen. Seine Mundwinkel ziehen sich fast bis zu den Ohren hinauf. Zu gerne würde ich ihm in das Grinsen hineinschlagen. Um zu sehen, was sich das Kultusministerium nicht noch alles für mich einfallen ließe. Falkenstein geht. Ich gehe auch. Wir haben Pause.
Ja, die Schulzeit ist wirklich nicht einfach, glaube ich.

*

Wir fahren in Rosenheim ein. Es herrscht viel Verkehr. Überall stehen Auto- und Menschenschlangen. Ich drehe mich zu Janosch um. Die Gedanken an den letzten Ausfragetag versickern beim Anblick seines Gesichtes. Er grinst.
»Meinst du, sie suchen uns schon?« frage ich.
»Ich glaube, ja«, antwortet Janosch. »Wahrscheinlich haben sie gerade die Eltern informiert.«
»Glaubst du, deine Eltern sind böse?« frage ich.
»Meine Eltern sind immer böse auf mich«, antwortet Janosch. »Aber ich denke, hier ist es nicht so wild. Ich habe meinem Vater schon einmal erzählt, daß ich, wenn

ich jemals verschwunden sein sollte, wahrscheinlich mit meinen Freunden zusammen bin.«

»Und wie hat er darauf reagiert?« frage ich.

»Er hat mir eine gescheuert«, antwortet Janosch.

»Er hat dir eine gescheuert?« frage ich. »Und du haust trotzdem ab? Das hätte ich mich nicht getraut.«

»Das muß man sich aber trauen«, erklärt Janosch. »Sonst kommt man im Leben zu nichts mehr. Wie heißt noch gleich das Gedicht?

Und so lang du das nicht hast: dieses Stirb und Werde bist du nur ein trüber Gast auf der dunklen Erde.«

»Seit wann interessierst du dich für Gedichte?« frage ich.

»Tue ich nicht«, antwortet Janosch. »Mein Bruder hat mal gesagt, diese Stelle wäre gut zum Weiberaufreißen.«

»Du hast einen Bruder?« frage ich. »Wie alt ist er?«

»Zwanzig«, entgegnet Janosch. »Er lebt in den USA. Ist ausgesiedelt oder so. Auf alle Fälle mag ich ihn ganz gern.«

»Und hat es was gebracht?« frage ich.

»Was denn?« fragt Janosch.

»Na, das mit der Gedichtzeile und den Weibern!«

»Ach so – nein«, entgegnet Janosch. »Das Mädchen, dem ich diese Zeile vortrug, hat gesagt, sie mache sich nichts aus Gedichten. So blieb es leider nur bei einem Milchshake.«

Ich schaue wieder aus dem Fenster. Von weitem schon erkennt man den Hauptbahnhof, unsere Haltestelle. Was werden wohl meine Eltern zu alledem sagen? Meine Mutter hat bestimmt Panik bekommen. Vielleicht ist sie sogar nach Neuseelen gefahren. Um mich zu suchen. Sie bekommt immer schnell Angst. Besonders wenn es um mich geht. Sie will mich gerne beschützen. Mich nie alleine lassen. Dazu wäre ich zu sensibel, meint sie. Wenn es nach ihr ginge, wäre ich niemals im Internat. Sie will mich lieber zu Hause haben. Bei sich. Wo mir nichts passieren kann. Sie tut mir leid. Wahrscheinlich sitzt sie gerade im Auto. Mein Vater weiß sicher von nichts. Wie auch? Der wohnt ja im Hotel. Und erholt sich. Verlassen ist immer einfach, glaube ich. Aber verlassen zu werden irgendwie nicht. Ich sollte böse auf ihn sein. Meine Schwester hat noch irgend etwas von einer anderen Frau erzählt. Einer Zwanzigjährigen. Mit dicken Möpsen und langen Beinen. Sollte ich ihr jemals begegnen, werde ich ihr höchstpersönlich die Fresse einschlagen. Dafür bin ich nicht zu sensibel. Man liest ja immer davon. In der Boulevardpresse:

Altes Glück durch junge Frau:
Wie Ehemänner auf ihre alten Tage noch einmal zu ein
wenig Freude kommen.

Meistens ist ein alter Opa zusammen mit so einem Tittenmonster abgebildet. Aber das kann doch nicht wahr sein. Das gibt es doch nicht wirklich. Nur in diesen Scheißzeitschriften. Aber doch nicht bei mir. Bei uns. Bei meiner Familie. Eine Familie ist doch mehr als ein Tittenmonster. Irgendwie muß es doch mehr sein. Ich will meine Familie nicht verlieren. Immerhin gehöre ich ja dazu. Was bin ich ohne sie? Ein Stück? Ein Teil? Muß jeder Mensch einmal ohne Familie sein, um ein Mensch zu werden? Ich glaube, ich mache mir darüber zu viele Gedanken. Ich sollte schauen, daß ich selbst weiterlaufe. Ich befinde mich gerade irgendwo in Rosenheim. Der Bus hält. Durch den Ruck werde ich in den Sitz gedrückt. Ich stehe auf. Mein linkes Bein schmerzt. Janosch erkennt das in meinen Augen. Ich darf mich bei ihm aufstützen. Zusammen klettern wir aus dem Bus. Sambraus, Florian und die anderen warten auf dem Gehsteig. Es ist viel Betrieb. Tausend Leute marschieren vorbei. In ihren Augen glänzt die Freude. Bei Florian, den beiden Felixen, Troy und Sambraus ist das nicht anders. Ihre Gesichter zittern vor Aufregung.

»Nun geht es also los«, verkündet der dicke Felix. »Auf in die große Stadt. Die sechs verrücktesten Typen dieses Jahrhunderts sind endlich bereit. Es kann losgehen. Nach München.«

»Meinst du, sie haben die Polizei nach uns geschickt?« fragt Janosch. Seine Augen bleiben kühl. Nichts an ihm läßt auf Aufregung schließen. Er legt seinen Arm um mich. Schaut mich an. Fast, als wisse er, worüber ich vorhin nachgedacht habe.

»Das glaube ich nicht«, erwidert Felix. »Warum sollten sie ausgerechnet hier Polizisten hinschicken? Die suchen in Neuseelen nach uns. Wir werden schon ohne Probleme in unseren Zug gelangen. Und damit wären wir dann aus dem Schneider. Sambraus wird sieben Fahrkarten holen. Dort vorne beim Schalter! Das fällt nicht auf. Wir warten auf dem Bahnsteig. Nummer 2 ist das, glaube ich. Also, wir treffen uns dann dort. In genau zehn Minuten. Meidet den Kontakt mit Beamten! Man weiß ja nie!«

Mit diesen Worten stürmen der dicke Felix und die anderen in das Bahnhofsgebäude. Sausend fällt die Eingangstüre hinter ihnen zu. Sie ist aus Glas. Die vier Jungen rennen durch die Eingangshalle, gefolgt von Sambraus, der mit müden Schritten direkt zum Fahrkartenschalter geht. Ich sehe zu Janosch hinüber. Er betrachtet mein linkes Bein.

»Wie jedesmal?« fragt er.

»Wie jedesmal«, bestätige ich.

»Du darfst nicht aufgeben, Benni!« sagt er. »Der Mensch darf nicht aufgeben. Er kann vernichtet werden, aber er darf nicht aufgeben.«

»Auch nicht, wenn es manchmal einfacher ist aufzugeben?« frage ich.

»Auch dann nicht«, bestätigt Janosch.

»Aber ich will aufgeben«, sage ich zu ihm. »Es wird alles zu unübersichtlich. Zu weit. Ich weiß auch nicht, warum. Irgendwie sehe ich keinen Sinn, Janosch. Kein Ende. Ich muß die ganze Zeit an meine Eltern denken. An die Verlobte meines Vaters. Außerdem brüllt mein linkes Bein vor Schmerzen. Ein behindertes Bein ist nicht für die verrückteste Reise dieses Jahrhunderts gemacht. Ein behindertes Bein ist zum Schlafen gemacht. Zum Ruhen. Ich bin müde, Janosch. Müde.«

»Benjamin Lebert – du bist ein Held«, sagt Janosch mit tiefer Stimme. Seine Augen funkeln. Langsam zieht er mich einen Schritt voran.

»Ein Held?« frage ich. »Sind Krüppel denn Helden?«

»Krüppel nicht«, erwidert Janosch. »Aber *du* bist ein Held.«

»Und warum?« will ich wissen.

»Weil durch dich das Leben spricht«, entgegnet Janosch.

»Durch mich?« frage ich.

»Durch dich«, bestätigt er.

»Was durch mich spricht, ist beschissen«, antworte ich.

»Nein – aufregend«, jauchzt Janosch vergnügt. »Das Leben ist aufregend. Man findet immer etwas Neues.«

»Aber will man das denn?« frage ich.

»Klar will man das«, schreit Janosch. »Sonst wäre es doch langweilig. Man muß immer auf der Suche nach dem – wie sagte Felix doch gleich? – Faden sein. Genau,

Faden. Man muß immer auf der Suche nach dem Faden bleiben. Die Jugend ist ein einziges großes Fadensuchen. Benni, komm! Laß uns den Faden finden! Am besten in dem Zug nach München.«

Und damit zerrt er mich in das Bahnhofsgebäude hinein.

12

Drinnen erwartet uns eine große Halle. In der Mitte befinden sich Schalter und Informationsstellen. Über ihnen hängen große, blaue Buchstaben. Zur Orientierung. Aus dem Lautsprecher klingt ein verzweifeltes: *Nummer 27d, kommen Sie bitte zum Schalter A!*

Janosch und ich schauen lachend auf. Ich frage mich, wer wohl die arme Nummer 27d sein mag. An den Wänden hängen viele Werbetafeln. Hauptsächlich Reklame für Tageszeitungen. Ich suche die meines Onkels. Ich finde sie. Ganz rechts an der Decke. Leuchtend strahlt die Schrift von dort oben herunter. In der Ferne erkennt man die Gleise. Unser Zug fährt auf Gleis 2 ab. Er ist schon angekündigt:

IC 134 nach Karlsruhe. Zwischenstationen: München, Pasing, Stuttgart. Planmäßige Abfahrt: 20:45 Uhr.

Ich schaue auf die Uhr. Es ist 20:32 Uhr. Wir haben noch Zeit. Janosch läuft zu einem der Tabakläden, die sich am Rande der Halle befinden. Es ist eher ein Tabakkiosk. Ein kleiner, bleicher Mann schaut durch ein geöffnetes Fenster. Darüber hängt ein zigarettenförmiges Neonschild mit der Aufschrift *Monsieur de Tabac.*

»Was willst du?« frage ich Janosch, als er auf das kleine Fenster zuläuft.

»Zwei Zigarren«, antwortet er.

»Zwei Zigarren?« wiederhole ich. »Wofür?«

»Zum Rauchen«, entgegnet Janosch. »Für uns.«

»Für uns?« frage ich. »Warum?«

»Weil wir Männer sind. Und Männer rauchen eben Zigarren«, antwortet er. »Hast du noch nie *Independence Day* gesehen?«

»Ja, schon«, antworte ich. »Aber die haben doch die Welt vor Außerirdischen gerettet. So etwas haben wir doch nicht getan, oder?«

»Nein, so etwas haben wir nicht getan«, antwortet Janosch. »Aber so etwas Ähnliches.«

»Und was? Wenn ich fragen darf.«

»Wir sind aus dem Internat ausgebrochen«, antwortet Janosch. »Für uns war das mindestens genauso schwer, wie die Erde vor Außerirdischen zu retten. Du mußt es immer im Verhältnis sehen.«

»Glaubst du wirklich?« frage ich.

»Na, sicher«, entgegnet Janosch. »Außerdem haben wir uns eine Zigarre verdient. Basta.«

Mit diesen Worten tritt er zu dem kleinen, bleichen Mann im Schaufenster.

*

»Jungs! Kann mir mal einer von euch sagen, warum ich mich habe mitschleifen lassen?« fragt der dicke Felix, als wir auf dem Bahnsteig stehen. Es ist 20:42 Uhr. Der Zug muß bald kommen.

»Weil wir Freunde sind vielleicht«, erklärt Janosch.

»Freunde?« krächzt der dicke Felix. »Okay, aber was heißt das eigentlich: Freundschaft?«

Janosch überlegt. »Eine Freundschaft ist das, was in einem drinnen ist, glaube ich«, sagt er schließlich. »Man sieht sie nicht. Aber sie ist trotzdem da.«

»Ja, sie ist trotzdem da«, wirft der dünne Felix ein. »Wie zum Beispiel ein Tag.«

»Ein Tag?« will der dicke Felix wissen. »Wenn die Freundschaft wie ein Tag sein soll – wer zum Kuckuck ist dann die Sonne?«

»Na, wir«, erläutert der dünne Felix. »Wir sind die Sonne.«

»Wir eine Sonne?« fragt Janosch. »Und was dreht sich um uns?«

»Die Freundschaft«, entgegnet der dünne Felix. »Zumindest glaube ich das.«

»Und wer wirft das Licht?« fragt Janosch. »Werfe ich vielleicht das Licht?«

»Wir alle werfen das Licht«, erklärt der dünne Felix. »Wir alle zusammen werfen innerhalb der Freundschaft unser Licht.«

»Das verstehe ich nicht«, erwidert Florian, den alle nur *Mädchen* nennen. »Sieht denn jemand unser Licht?«

»Wir sehen es«, erwidert Kugli. »Und das reicht.«

»Und sonst niemand?« fragt Florian.

»Kommt darauf an, wie groß die Freundschaft ist«, erwidert der dünne Felix. »Manchmal sehen es auch andere. Aber zunächst einmal müssen wir es selber sehen. Denn nur, was beleuchtet wird, kann auch gesehen werden. Und genau das ist es nämlich: Freundschaft heißt soviel wie *beleuchten.*«

»Das ganze Hin und Her um *Leuchten* oder *Nicht-Leuchten* ist doch scheiße«, entgegnet Janosch. »Unsere Freundschaft ist einfach *crazy*. Immerhin hat sie uns hierhergebracht.«

»Nur die Freundschaft?« fragt Florian.

»Na, vielleicht auch noch der Schweinebraten von Kugli«, entgegnet Janosch. »Aber ansonsten war es unsere Freundschaft, glaube ich. Irgend etwas muß es ja gewesen sein. Hat vielleicht jemand Lust darauf, Blutsbrüderschaft zu schließen? In meiner Hosentasche habe ich noch so einen komischen Reißnagel. Der würde genügen.«

»Ich weiß nicht«, erwidert der dicke Felix. »Wir sind hier eigentlich nicht bei Robin Hood. Außerdem haben wir für einen Abend schon genug verrückte Dinge getan. Das reicht.«

»Man kann eben nie genug verrückte Dinge tun«, antwortet Janosch. »Vom Leben muß man saufen.«

»Muß man saufen?« fragt Florian, den alle nur *Mädchen* nennen. »Ist das Leben denn ein Fluß?«

»So etwas Ähnliches, denke ich«, entgegnet der dünne Felix.

»Seid ihr denn total bescheuert?« fragt Janosch. »Wir sind eine Sonne? Das Leben ist ein Fluß? Und die Freundschaft dreht sich um uns? Langsam genügt es, glaube ich. Das Leben ist das Leben. Und ein Fluß ist ein Fluß. Und wenn ich es nicht besser wüßte, würde ich sagen – die Freundschaft ist auch nur eine Freundschaft. Warum versuchen wir immer alles bildlich zu erklären? Warum wollen wir immer alles verstehen? Will der liebe Gott überhaupt, daß wir etwas verstehen? Ich glaube, der liebe Gott will erst mal, daß wir leben.«

»Bist du seit neuestem gläubig?« fragt der dicke Felix an Janosch gewandt.

»Ja – irgendwie schon«, bestätigt dieser. »Das habe ich dem Lebert zu verdanken. Mit seinem blöden Gequassel übers Leben. Auf alle Fälle glaube ich inzwischen eher an Gott als daran, daß das Leben ein Fluß ist. Das Leben ist ein Versuch.«

»Und was versuchen wir?« fragt Florian.

»Wir versuchen, alles zu versuchen«, antwortet Janosch. »Das ist der Versuch. Und nun versuchen wir, Blutsbrüder zu werden. Mädchen – du kommst als erstes!«

Florian tritt vor. In seinen Augen spiegeln sich Zweifel. Er streckt den Finger aus.

»Hat jemand von euch Aids?« fragt er.

»Klar – ich«, erwidert der dicke Felix. »Wußtest du das noch nicht?«

»Hör auf mit dem Quatsch,« entgegnet Florian. »Dieser Nagel tut bestimmt weh!«

»Der tut überhaupt nicht weh,« sagt Janosch. »Außerdem bist du ein Mann.« Und damit rammt er sich den Reißnagel in den Zeigefinger. Das Blut sprudelt heraus. Bei Florian tut er dann das gleiche. Dessen Augen verengen sich. Dann reiben sie die Zeigefinger aufeinander. Janosch macht nun die Runde. Zuerst sticht er die Reißzwecke bei Troy ein, dann bei Kugli und Felix. Dann bei mir. Ein kleiner Stich durchfährt meinen Körper. Ich kann kein Blut sehen. Da wird mir schlecht. Ich drehe mich zur Seite, während Janosch unsere Zeigefinger aufeinanderpreßt. Als wir alle soweit sind, legen wir die Hände aufeinander. Blutsbrüder.

*

Der Zug kommt mit fünfminütiger Verspätung. Das erste, was ich von ihm wahrnehme, ist ein schrilles Pfeifen. Es hallt aus der Ferne zu uns heran. Dann fährt der Zug in den Rosenheimer Bahnhof ein. Es ist ein einfacher roter Intercity-Express. Durch die Fenster sehe ich nur wenige Leute. Die meisten halten sich bei den Türen auf. Sie wollen in Rosenheim aussteigen. Der Zug kommt mit einem Zischen zum Stehen. Langsam werden die Türen aufgeschoben. Viele Touristen treten auf den Bahnsteig.

Sambraus holt die Fahrkarten aus seinem Regenmantel hervor und gibt sie uns. Wir haben Glück gehabt. Unsere Wagennummer ist 29. Wir befinden uns bei Wagennummer 22. Kugli, Troy, Florian und Felix laufen voran. Sambraus, Janosch und ich hinterher. Janosch stützt mich. Irgendwie bin ich müde. Kaum bei Nummer 29 angekommen, zieht uns ein schwarzgekleideter Schaffner in den Zug hinein. Er ist ein kleiner Mann mit einem prächtigen Strubbelkopf weißer Haare. Die Türe schließt sich. Langsam fährt der Zug an.

»Freunde, wie?« sagt der Schaffner, als er Janoschs Stützaktion erkennt.

»Ja, Freunde«, erklärt Janosch und schiebt mich in das Abteil hinein, in dem die anderen fünf bereits sitzen. Troy hat es sich schon bequem gemacht, er trägt noch immer das Regencape. Seine Augen sind geschlossen. Tief atmet er ein und aus. Vielleicht träumt er von einer besseren Welt. Ihm gegenüber sitzt Sambraus. Aus seinem Regenmantel hat Sambraus ein Buch hervorgeholt: *Paul Auster, Leviathan.* Ein Taschenbuch. Der Kopf der Freiheitsstatue ist darauf abgebildet. So wie ich es sehe, müßte Sambraus ungefähr bei der Hälfte des Buches angelangt sein. Ich kenne dieses Buch nicht. Ich kenne auch den Autor nicht. Nur sein Name ist mir geläufig. Paul Auster. Soll einer dieser wenigen grandiosen Autoren sein. Aber davon gibt es inzwischen auch schon wieder Tausende. Neben ihm sitzt Florian. Er schaut zum Fenster hinaus. In seinem Gesicht spiegelt sich Müdigkeit. Seine Gedanken befinden sich bestimmt weit fort. Vielleicht bei seinen toten Eltern. Oder der Großmutter. Sein Blick richtet sich nun auf den Boden. Müde streckt er die Arme von sich. Rechts neben ihm sitzt der dünne Felix. Sein Brustkorb hebt und senkt sich. Er preßt die Nasenflügel zu. Immer wieder streicht er mit der linken Hand über seinen rechten Zeigefinger. Er versucht, das Blut abzuwischen. Der Finger ist ganz schön klebrig. Außerdem sieht es nicht so schön aus. Man könnte meinen, er hätte Nasenbluten oder so. Ganz außen sitzt Kugli. Dick und breit hat er seinen Hintern auf den Sitz gequetscht. Er beschäftigt sich gerade mit seinem Süßigkeiten-Rucksack. Gummibärchen kommen zum Vorschein. Gelb, rot, lila. In allen Farben wandern sie der Reihe nach in Kuglis Hamsterbacken. Dort werden sie zu einem Brei verarbeitet. Ab und an schießt die gierige Zunge aus Felix' Mundwinkeln hervor. Sie ist von den Süßwaren ganz pink geworden. Janosch und ich nehmen rechts neben Troy Platz. Ich darf wieder ans Fenster. Das freut mich. Draußen ist finstere Nacht. Nur der Mond scheint von oben auf uns herunter. Ein paar wenige Tannen erheben sich in der Dunkelheit. Ansonsten eine weite, öde Fläche. Man erkennt fast nichts.

Die zunächst parallel zu uns verlaufenden Schienen biegen nach links ab und beenden somit unsere gemeinsame Fährte nach München. Tiefer und tiefer rutsche ich in meinen Sitz. Er ist gemütlich, man könnte in diesem Sitz schlafen, glaube ich. Über jedem Platz hängt ein Bild. Die meisten zeigen eine Szene aus der Geschichte der Eisenbahn. Meines ist eine Reklame. Für einen englischen Sprachkurs. *Talk the words right out of your soul* oder so ähnlich. Ich schaue zu Janosch hinüber. Seine Augen verstecken sich. Irgend etwas geht in ihm vor. Wild rutschen seine Hände über die Armstützen. Seine Hände sind zart. Fast jede Furche erkennt man darauf. Ein paar blonde Haare schimmern auf seinem Handrücken. Das fahle Abteillicht hebt sie deutlich von der Hand ab. Janoschs Finger fahren über sein schwarzes Polohemd. In seinem Gesicht glitzert die Freiheit. Er freut sich auf München. Ich sehe wieder aus dem Fenster. Am Horizont glimmen die roten Lichter eines Fliegers in der Dunkelheit. Wohin er seine Passagiere wohl bringen mag? Weiter vorne, bei den Schienen, haben vier Jugendliche ein Feuer gemacht. Gemütlich sitzen sie auf einer Erhöhung und rauchen. Schnell rasen wir an ihnen vorbei. Ich muß an meine alte Schule denken. An die Leute, die mir dort begegnet sind. Sie nannten mich immer Krummfuß. Weil ich so komisch ging. Meinen linken Fuß stets hinterdrein zog. Das mochten sie nicht. Manchmal stellten sie mir ein Bein und lachten, wenn ich auf die Schnauze fiel. Und manchmal warteten sie vor der Schule auf mich. Um mein Pausenbrot entgegenzunehmen. Das hatte meine Mutter geschmiert. Extra für mich. Mit viel Käse und Wurst. Meine Mutter tat mir leid. Ich wollte das Brot nicht hergeben. Nie wollte ich das. Aber ich mußte es. Die Jungen waren stärker als ich. Matthias Bochow war ihr Anführer. Ein massiger, breiter Kerl mit bulligen Schultern und braunem, lockigem Haar. 1,73 m, wenn's hochkommt. Seit siebzehn Jahren war er schon auf dieser Welt, und alles, was er roch, sah oder spürte, mochte er nicht. Und alles, was er nicht mochte, mochten die anderen auch nicht. Er war der Führer. Der Leithammel. Sein Wille war das Gesetz. Und das Gesetz war hart. Die anderen fünf Jungen waren nur Mitläufer: Peter Trimolt, 17, Michael Wiesbeck, 18, Stephan Genessius, 17, Claudio Bertram,

17, und Karim Derwert, 16. Sie machten die Drecks-
arbeit für Matthias. Alles, was er wünschte, wurde in die
Tat umgesetzt. Sie verschafften ihm Weiber, brachten ihn
durch die 9. Klasse und räumten ihm die Penner aus dem
Weg. So wie mich – den Krummfuß. Einmal banden sie
mich nach der Schule an einen Baum. Eine Buche. Mit einer alten Rebschnur, die sie beim Hausmeister geklaut
hatten. So durfte ich also ausharren. Bis zum frühen
Abend. Bis meine weinende Mutter in den Schulhof ge-
rannt kam. Sie war ganz außer sich. Ließ mich zwei Wochen lang nicht mehr in die Schule. Das war gut. So
konnte ich mich wenigstens erholen. Ein bißchen lesen.
Ich glaube, Matthias Bochow gibt es immer noch.
Manchmal sehe ich ihn mit einer geilen Tussi durch den
U-Bahnhof schlendern. Aber er beachtet mich nicht.

*

Ich greife nach meinem Rucksack und hole einen Schokoriegel und meine Lektüre hervor. Draußen sehe ich ein
paar Sterne. Das Flugzeug ist verschwunden. Ich um-
klammere das Buch mit beiden Händen. Streiche mit den
Daumen darüber. Das Deckblatt fühlt sich glatt und grif-
fig an. Ich liebe es, über Bücher zu streichen. Das gibt
mir so ein beruhigendes Gefühl. Das Gefühl, daß etwas
in dieser Welt noch festgehalten werden kann. Obgleich
alles so schnell vorbeirinnt. Dieses Gefühl habe ich besonders bei neuen Büchern. Und das Buch hier ist neu.
Ich habe es von meinem Vater gekriegt. Es ist ein Taschenbuch. Er sagt, es sei das beste Buch, das jemals über
das Leben geschrieben worden ist. Aus dem hinteren Teil
lugt noch der Kassenzettel hervor. 7,90 DM. *Vielen*

Dank für den Einkauf. Ihr Bücherladen Lehmkuhl.
Mein Vater hat mir dieses Buch beim letzten Heimfahrwochenende gegeben. Es riecht noch ziemlich frisch. Ein
schöner Geruch. Auf dem roten Titelblatt ist ein alter
Mann abgebildet. Er legt den Arm um einen kleinen Jungen. An der Seite fährt ein großer Balken mit der Aufschrift *Nobelpreis* ins Bild. Dieses Buch muß prämiert
worden sein. Keine Ahnung, wie dieser Preis einzuordnen ist. Aber darum geht es mir auch nicht. Rechts an der
Seite heißt es in weißer, dicht gedrängter Schrift:
Der alte Mann und das Meer
von Ernest Hemingway.
Ein toller Titel, finde ich. Der schmeckt gleich nach etwas. Da möchte man sofort lesen. Und das tue ich auch.
Langsam schlage ich das Buch auf. Ich halte es mit der
rechten Hand. Die linke könnte mir dabei so oder so
nicht helfen. Dünn und widerlich schmiegt sie sich in ihrem Spasmus. Ich beginne zu lesen. Schaue noch kurz
auf die Uhr. Es ist 21:09 Uhr. Wir müssen ungefähr sieb-
zig Minuten fahren. Da haben wir noch Zeit. Ich lese
weiter. Die Buchstaben und Sätze fliegen mir zu. Es ist
ein schönes Buch. Jeder Ausdruck, jede Bemerkung trifft
in mein Herz. Schon früh habe ich Tränen in den Augen.
Das ist bei mir so. Bei guten Büchern muß ich eben flennen. Ich habe bei der *Schatzinsel* geflennt und werde nun
auch bei *Der alte Mann und das Meer* flennen. Das ist
wohl meine Bestimmung. Dabei ist die Story eigentlich
ziemlich simpel. Sie hat gerade mal fünfzig Seiten. Es
geht um einen alten Fischer, der auf seine alten Tage einfach keinen Fisch mehr fängt. Er leidet Hunger. Alle
Leute lachen über ihn. Nur ein kleiner Junge ist auf seiner Seite. Der ist früher immer mit ihm nach draußen ge-

fahren, um Fische zu fangen. Aber jetzt darf er nicht mehr. Seine Eltern erlauben es ihm nicht. Der alte Fischer fängt zu wenig. So muß er alleine nach draußen. Und eines Tages hat er einen richtig großen Fisch an der Angel. Aber bevor er ihn an Land bringen kann, verliert er diesen Fang seines Lebens in einem erschöpfenden Kampf wieder an das Meer und seine Haie. Es ist wirklich ein sagenhaftes Buch. Ich habe noch nicht einmal ein Viertel gelesen, da breche ich schon in Tränen aus. Ergriffen presse ich das Taschenbuch an meine Brust. Ich danke meinem Vater, daß er mir dieses Buch gekauft hat. Und ich danke Ernest Hemingway dafür, daß er so eine Geschichte erzählen kann. Ich schneuze in ein Taschentuch. Janosch schaut lachend zu mir herüber.

»So ist er halt – unser Lebert«, sagt er erklärend an Sambraus gewandt. »Ein wenig sensibel.«

»Was hast du denn da gelesen?« fragt Janosch dann.

»Der alte Mann und das Meer«, antworte ich.

»Der alte Mann und das Meer, wie?« fragt Janosch und faltet seine Hände zusammen. »Das soll ja ziemlich gut sein. Meinst du, du kannst mir etwas daraus vorlesen? Einfach so? Zum Spaß? Wir haben ja sowieso noch ein wenig zu fahren. Außerdem möchte ich mal Literatur gelesen haben.«

»Ist das Literatur?« frage ich.

»Ich schätze schon«, antwortet Janosch.

»Was ist denn Literatur?« frage ich.

»Literatur ist, wenn du ein Buch liest und unter jeden Satz ein Häkchen setzen könntest – weil es eben stimmt«, erklärt Janosch.

»Weil es eben stimmt?« wiederhole ich. »Das verstehe ich nicht.«

»Wenn jeder Satz einfach richtig ist, glaube ich«, antwortet Janosch. »Wenn er etwas von der Welt preisgibt. Vom Leben. Wenn du bei jedem Absatz das Gefühl hast, daß du genauso gehandelt oder gedacht hättest wie die Romanfigur. Dann ist es Literatur.«

»Woher weißt du das?« frage ich.

»Das denke ich mal so«, antwortet Janosch.

»Das denkst du mal so?« wiederhole ich. »Dann ist es bestimmt ein Scheiß. Ein Literaturprofessor würde mir bestimmt etwas anderes erzählen. Wie viele Bücher hast du denn schon gelesen?«

»Zwei vielleicht«, antwortet Janosch.

»Zwei vielleicht? Und du erzählst mir etwas von Literatur?«

»Na, du wolltest doch etwas hören«, entgegnet Janosch.

»Und außerdem, glaube ich, ist das alles zu kompliziert. Davon verstehen nicht einmal Leute etwas, die etwas davon verstehen müßten. Warum machen *wir* uns also Gedanken darüber? Laß uns einfach lesen. Aus Freude am Lesen. Und aus Freude am Verstehen. Und laß uns nicht darüber nachdenken, ob es Literatur ist oder nicht. Das können andere tun. Wenn es tatsächlich Literatur ist, dann um so besser. Wenn nicht, dann ist es auch scheißegal.«

»Ganz meine Meinung«, entgegne ich. Und wieder schlage ich das Taschenbuch auf. Aus den Lautsprechern ertönt ein hohes Pfeifen. Dann die Stimme des Schaffners. Sie klingt verzerrt und wird öfters unterbrochen. Aber das Wichtigste bekommen wir mit. Wir fahren mit einer halbstündigen Verspätung in München ein. Janosch und die anderen seufzen. Ich widme mich meinem Text. Laut und verständlich lese ich vor. Selten mache ich einen Fehler. Sonst klappt das Lesen bei mir nicht so gut. In der Schule stocke ich immer. Ich hasse es, wenn wir vorlesen müssen. Aber hier funktioniert es. Bald schon hört nicht mehr nur Janosch zu. Auch die anderen haben ihre Ohren gespitzt. Mit großen Augen gaffen sie mich an. Sogar Sambraus hat Gefallen an meiner Lektüre gefunden. Das Paul-Auster-Buch rutscht zwischen die Armstützen. Er faltet die Hände auf seinem Bauch. Ich weiß nicht, wie lange ich lese. Ich lese verdammt lange. Mein Mund ist trocken und leer. Der alte Mann verliert den Kampf mit dem Ozean. Kommt ohne etwas nach Hause zurück. Die Wangen der Jungen sind rot. Sogar Janosch schnauft laut. Wild schüttelt er den Kopf. Seine Augen platzen fast. Ein dunkles Rot glüht in seinen Ohren. Hastig greift er nach dem Hemingway-Roman.

Kugli und der dünne Felix reichen sich entsetzt die Hände. In ihren Augen schimmern Tränen. Troy und Florian bleiben cool. Sie haben anscheinend nichts übrig für dieses Stück. Sie zeigen keine Trauer. Nun greift auch der dicke Felix nach dem Taschenbuch. Schnell blättert er es durch. Er liest die wichtigsten Stellen noch einmal. Dann gibt er es mir zurück. In seinem Gesicht ist ein Leuchten. Ich schaue auf die Uhr. Es ist 22:40 Uhr. Bald müßten wir in München sein.

13

Der dicke Felix hebt seine Stimme. Die Augen sind zum Fenster gerichtet.

»Meint ihr, wir sind auch so tapfer wie der alte Mann in diesem Buch?« fragt er. »Auch in Zeiten des Verlustes?«

»Wir sind alle tapfer«, antwortet Janosch.

»Aber warum sind wir das?« will der dicke Felix wissen. »Wo ist die Grenze von *mutig* zu *tapfer*?«

»Da gibt es keine Grenze«, antwortet Florian, den alle nur *Mädchen* nennen. »Jeder Mensch ist sowohl mutig als auch tapfer.«

»Und wieso?« fragt der dicke Felix.

»Weil jeder Mensch am Morgen aufwacht und ins Leben geht«, wirft der dünne Felix ein. »Ohne sich die Kugel zu geben. Und das ist sowohl mutig als auch tapfer.«

»Und warum sieht oder sagt das niemand?« fragt Kugli.

»Weil es selbstverständlich geworden ist«, entgegnet Janosch.

»Selbstverständlich?« will der dicke Felix wissen. »Warum ist in dieser Welt alles selbstverständlich? Warum wird alles immer vorausgesetzt? Daß wir ins Leben gehen? Einen Fuß vor den anderen setzen? Warum ist das so normal? In welchem verdammten Buch steht das? Und welcher Arsch hat es veröffentlicht?«

»Dieser Arsch heißt *lieber Gott*«, antwortet Sambraus und zieht die Augenbrauen zusammen. Sambraus sei ganz in Ordnung, hat der dicke Felix gemeint. Er habe sich in Rosenheim gut mit ihm unterhalten. Über das Leben. Seine Herkunft.

Sambraus ist in Neuseelen aufs Internat gegangen. Es war für ihn wohl eine schreckliche Zeit. Er fühlte sich eingesperrt, wollte am liebsten wieder nach Hause. Und als er dann wieder zu Hause war, ging gar nichts mehr. Das geplante Leben im Internat hat ihm auf einmal gefehlt. Im Zweiten Weltkrieg war Sambraus an der russischen Front. Nach dem Krieg ist er mit seiner Verlobten, die er auf einer Urlaubsreise kennengelernt hatte, nach Neuseelen gezogen. Dort haben sie auch geheiratet. 1977 ist seine Frau dann gestorben. An Krebs. Er hat sie auf dem Neuseeler Friedhof beerdigt. Weil sie diesen Ort so liebte. Danach ist Sambraus offenbar ausgeflippt. Ist in Puffs gegangen und so. Hat seine Sorgen einfach weggevögelt. Er ist sogar in München in eine Wohnung über einem Striplokal gezogen. Da wohnt er heute immer noch. Und seit zwanzig Jahren fährt er jeden zweiten Tag nach Neuseelen ans Grab, jedesmal mit einem großen Strauß roter Rosen. Den Lieblingsblumen seiner Frau.

»Und warum macht der liebe Gott so etwas?« fragt Kugli und ballt seine Hände zu Fäusten.

»Weil alles auf der Welt nach einem gewissen Schema ablaufen muß«, erklärt Sambraus. »Und dieses Schema ist: Sehen, um zu sehen. Hören, um zu hören. Verstehen, um zu verstehen. Und laufen, um zu laufen. Also lauf, mein Junge! Lauf!«

Der dicke Felix preßt sein Gesicht an die Fensterscheibe. Große, dunkle Flecken bilden sich dort. Aus den Lautsprechern ertönt die kratzige Stimme des Schaffners:

*In wenigen Minuten erreichen wir München Haupt-
bahnhof.*

*

Vor den Fenstern liegt München. Ich stehe an der Tür. Ja-
nosch, Troy und die anderen stehen hinter mir. Wir rollen in den Hauptbahnhof ein. Der dicke Rucksack von
Kugli bleibt fast zwischen zwei Kanten stecken. Neben
uns steht ein blonder Mann mit seinem Schäferhund. Er
sieht müde aus.
»Nun ist es soweit«, sagt Janosch.
»Was ist soweit?« frage ich.
»Na, die Zigarren«, entgegnet Janosch. »Wir fahren in
München ein. Jetzt müssen wir sie rauchen. Wir zwei Helden. Wie in *Independence Day* eben.«
Er holt sie aus seiner Tasche hervor. Es sind Billig-Zigar-
ren. Von Agno. Aber das ist egal. Er reicht mir eine, die
andere steckt er in seinen Mund. Wartet, bis ich das gleiche tue. Dann zündet er sie an. Das *Rauchen verboten*-
Schild interessiert ihn nicht. Und der blonde Mann auch
nicht. Gierig saugt er an seiner Zigarre. Der Blonde blin-
zelt. Ich drehe mich weg. Rauche in eine Nische hinein.
Die Zigarre schmeckt widerlich. Ich bin froh, wenn ich
sie zu Ende geraucht habe. Der Schäferhund niest. Er tut
mir leid. Seine gütigen Augen schauen mich an. Ich drehe
mich wieder um.
»Hast du eigentlich Angst vor dem Tod?« frage ich Janosch.
»Ein Jugendlicher hat nie Angst vor dem Tod«, antwortet er.
»Wirklich nicht?« frage ich.
»Wirklich nicht«, entgegnet Janosch. »Ein Jugendlicher

hat erst Angst vor dem Tod, wenn er kein Jugendlicher mehr ist. Vorher muß er einfach leben. Da denkt er nicht an den Tod.«

»Wie kommt es dann, daß *ich* Angst vor dem Tod habe?« frage ich.

»Bei dir ist es etwas anderes«, erklärt Janosch.

»So? Und was ist es bei mir?« frage ich.

»Bei dir ist es das Meer!« sagt Janosch.

»Das Meer?« frage ich.

»Das Meer von Angst. Das mußt du mal ablegen. Weißt du, in deiner Welt gibt es so viele Dinge, die dich umbringen wollen. Sei es die Trennung deiner Eltern. Das Internat. Andere Typen. Versuch dich nicht selber umzubringen! Das wäre schade, weißt du!«

Janosch zieht an seiner Zigarre. Ich schaue zu ihm auf. Ich bewundere ihn. Ich habe es ihm noch nie gesagt, aber ich bewundere ihn. Janosch ist das Leben. Das Licht. Und die Sonne. Und wenn es einen Gott gibt, dann spricht er durch ihn. Das weiß ich. Und er soll ihn segnen. Der Zug kommt zum Stehen. Wir sind da. Die Türen öffnen sich. Der Blonde mit seinem Hund springt als erster auf den Bahnsteig hinaus. Danach steigen Janosch und ich aus. Ich sehe, wie der Hund im Getümmel verschwindet. Er ist süß. Seine Schnauze hat er auf den Boden gerichtet. Müde und verdrossen stolpert er neben seinem Gefährten drein. Das letzte, was ich von ihm erkenne, ist sein Schwanz. Ein buschiger Fetzen Haare, der geradewegs auf den Boden zeigt.

Ich muß an *unseren* Hund denken. Charlie. Ein Bernhardiner-Mischling. Sein Vater war ein Monster. Seine Mutter ebenfalls. Kein Wunder, daß er über einen Meter hoch wurde. Vor zwei Jahren ist er gestorben. Mir kommt es vor wie eine Ewigkeit. Charlie war ein Freund. Eine große Stütze in schwierigen Zeiten. Manchmal legte ich mich zu ihm, wenn ich nachts nicht schlafen konnte. Und draußen Gewitter war. Ich mochte kein Gewitter. Charlie hingegen ließ es kalt. Er war ein Felsen. Hinter dem ich mich verstecken konnte. Zu jeder Zeit. An jedem Ort. Nie werde ich sein Schnaufen vergessen. Seine Nase zog sich zusammen. Wie ein Schwamm. Sie fühlte sich weich an. Alles an ihm fühlte sich weich an. Seine Ohren waren wie Watte. Und sein Bauch war ein großes Schiff, das auf und nieder sank. Je nach Wetterlage. Ich erinnere mich noch gut an unsere letzte Nacht. Charlie hatte wieder Blut gespien. Ich schlief mit ihm im Badezimmer auf einem Liegestuhl. Aber lange hielt ich es dort nicht aus. Ich kroch neben ihn. Schlief auf einem Handtuch weiter. Charlie ging es in dieser Nacht ziemlich dreckig. Er röchelte und kotzte Blut. Und alles, was ich für ihn tun konnte, war, bei ihm zu sein. Einen Arm um ihn zu legen. Und das tat ich auch. Ich legte meinen Arm um ihn und betete. Ich betete, ich möge dieses Tier nicht verlieren. Charlie hat mich immer beschützt. In seinem Beisein nannte mich niemand Krüppel. Da konnte ich mir sicher sein. Ich machte mit ihm extra lange Spaziergänge durch Viertel, in denen viele Jugendliche lebten. Und die Menschen, die mich sahen, hatten Achtung vor mir. Denn ich hatte *ihn*. Charlie. Meinen Hund. Meinen Felsen. Wenn ich einsam war, spielten wir immer dasselbe Spiel. Das Ringspiel. Ich warf einen zehn Zentimeter breiten Plastikring in die Luft, und Charlie fing ihn auf. Eigentlich war das Ganze ziemlich langweilig. Aber es war eben das Spiel. Unser Spiel. Und manchmal spielten wir den ganzen Tag lang. In jener Nacht vor zwei Jahren, als unser Hund starb, war der liebe Gott wohl nicht ganz bei der Sache. Denn er hörte meine Bitten nicht. Am Morgen gegen vier Uhr starb Charlie. Das große und mächtige Schiff hob und senkte sich noch einmal. Dann erstarrte es in der Bewegung. Charlies Augen brachen. Er war genauso alt wie ich. Vierzehn. Als er zu uns kam, war ich noch ein Baby. Aber ich erinnere mich noch an ihn. Und solange ich das weiterhin tue, wird Charlie leben. Auf irgendeine Weise. Noch am selben Tag begruben wir ihn auf einer Wiese. Die ganze Familie war da. Alle weinten. Nur meine Mutter nicht. Sie konnte Charlie nicht besonders leiden. Sie sah in ihm immer eine große Gefahr für mich. Außerdem machte er viel Arbeit. Mein Vater hingegen mochte ihn. Die beiden konnten gut miteinander. Mein Vater hatte ihm seinen Namen gegeben. Charlie Watts war das Vorbild. Der Schlagzeuger von den *Rolling Stones*. Wenn es unseren Hund noch gäbe, würde ich ihn jetzt wohl besuchen. Aber das ist nun alles vorbei. Die Zeit nimmt keine Rücksicht auf mich. Und auch nicht auf Charlie. Meinen Felsen.

*

»Schmeckt das nicht nach Leben?« fragt Janosch und saugt an seiner Agno-Zigarre. Die anderen sind nun auch auf den Bahnsteig getreten. In ihren Augen erkenne ich ein wenig Erschöpfung. Müde reihen sie sich in die Menschenmassen ein. Der Bahnsteig ist größer als der in Rosenheim. Er ist mindestens zehn Meter breit. Und erstreckt sich über eine Länge von gar hundert Metern. Auf dem Steinboden erzeugt jeder Schritt einen seltsam klatschenden Laut. Der dicke Felix hat seine Freude daran. Lachend stampft er mit seinem rechten Fuß auf den

Boden. Auch um diese Zeit befinden sich noch viele Leute hier. Hauptsächlich Jugendliche. In Pärchen oder Gruppen schlendern sie die Gleise entlang. Manche, um zu rauchen oder um zu trinken. Und manche einfach nur, um hier zu sein. Um sich mit anderen zu treffen. Und ein wenig Jauche über das anstrengende Leben zu gießen. Auf dem Boden vor einer Werbetafel liegen zwei Penner. Ihre Gesichter sind vom Leben gezeichnet. Verkratzt und mit vielen Narben. Der eine sieht zu mir auf. Er hat langes, weißes Haar und einen ins Rötliche gehenden Schnurrbart. Er legt den Arm um seinen Kumpanen. Die beiden schlafen gleich, glaube ich. Ich gebe ihnen ein wenig Geld. Ich kann nicht an ihnen vorbeilaufen, ohne ihnen etwas zu geben. Ich kehre wieder zu Janosch und den anderen zurück. Sie geben Sambraus gerade das Fahrgeld wieder, das er ausgelegt hatte.

»Ich dachte immer, das Leben schmeckt anders«, sage ich und sauge an meiner Agno-Zigarre. Tiefer, dunkler Rauch steigt auf.

»So? Was dachtest du denn, wie es schmeckt?« fragt Janosch.

»Ein wenig süßlicher vielleicht«, antworte ich. »Schließlich gibt es im Leben auch süßliche Sachen.«

»Wo hast du denn diesen Scheiß her? Süß schmeckt höchstens meine Schokoschnecke, doch nicht das Leben«, wirft Kugli ein. »Ist euch eigentlich aufgefallen, daß wir in letzter Zeit überhaupt viel Quatsch labern?«

»Wir labern immer Quatsch«, entgegnet der dünne Felix.

»Ja«, bemerkt Kugli. »Aber wir sind nicht da, um Quatsch zu labern, sondern um Quatsch zu machen! Also – laßt uns mal loslegen!«

»Kugli hat recht«, erwidert Janosch. »Los! Gehen wir!«

So laufen wir also durch die Eingangshalle des Münchner Hauptbahnhofs. Sie ist ziemlich groß. Überall findet man Läden. Sogar ein Pornokino gibt es hier. Der dicke Felix preßt seine Nase an ein Filmplakat. *Haus der vielen Lüste*. Eine schwarze Frau ist darauf abgebildet, die ihre Beine spreizt. Sie trägt nur einen roten Slip. Über ihre Brust verläuft ein weißer Balken. Kugli findet das eine Unverschämtheit. Er meckert.

»Komm schon!« erwidert Janosch. »Wir gehen doch jetzt in ein Striplokal! Da gibt es echte Weiber! Heb dir deine Geilheit für später auf!«

»Ich kann mir meine Geilheit solange aufheben, wie ich will«, entgegnet der dicke Felix. Er bleibt bei den Plakaten stehen. Wir laufen schon einmal voraus. Sambraus vorneweg. Dahinter der dünne Felix und Janosch. Florian, Troy und ich kommen als letztes.

Troy macht ein großes Gesicht. Seine Augen glitzern.

»Und, gefällt es dir?« frage ich.

»Ja. Es gefällt mir«, antwortet Troy. »Eigentlich möchte ich für immer hier bleiben.«

»Du meinst in München?« frage ich.

»Nein – bei euch«, erwidert Troy. »Allmählich habe ich irgendwie das Gefühl, daß ich lebe!«

»Das hast du schön ausgedrückt«, erwidere ich.

Florian, den alle nur *Mädchen* nennen, läuft schnell zu den anderen nach vorne.

»Troy kann sprechen«, höre ich ihn aufgeregt in die Halle schreien.

»Wirklich?«

Die anderen drehen sich um. Aus dem hinteren Teil der Eingangshalle kommt der dicke Felix angelaufen.

14

»Hast du eigentlich einen Behindertenausweis?« fragt mich Janosch, als wir in die U-Bahn einsteigen. Wir müssen nur vier Stationen fahren. Zur Münchner Freiheit. Das dauert nicht lange. Außer uns ist fast niemand im Waggon. Wir setzen uns.

»Nein«, erwidere ich.

»Warum nicht?« will der dicke Felix wissen.

»Sie geben mir keinen«, entgegne ich. »Sie sagen, ich wäre nicht behindert. Ich könne doch laufen, haben sie gemeint.«

»Sind die bescheuert?« fragt Janosch. »Gab es denn keine Untersuchung?«

»Nein, es gab keine«, antworte ich. »Aber ich muß zugeben, ich bin gar nicht so scharf auf diesen Behindertenausweis. Für was brauche ich ihn auch? Nur um zu zeigen, daß ich ein Krüppel bin!«

»Du hast mir doch neulich selbst gesagt, daß du Gleichgewichtsstörungen hast«, erwidert Janosch. »So etwas kann gefährlich werden. In der U-Bahn zum Beispiel. Wenn alles voll ist. Darum gibt es diese Behindertenplätze. Sie sind genau für dich gemacht!«

»Außerdem könntest du fast überall billiger hinein«, fügt der dicke Felix hinzu. »Ins Pornokino zum Beispiel!«

»Du hättest es einfach verdient«, wirft Janosch ein. »Du bist nämlich ziemlich arm dran mit deiner Behinderung, weißt du das eigentlich? Da könnten sie dir ruhig eine

Entschädigung geben. Aber das interessiert sie natürlich nicht. Typisch Staat.«

»Das ist doch gar nicht der Staat, sondern das Versorgungsamt«, erwidere ich.

»Trotzdem sind es die gleichen Typen«, antwortet Janosch. »Der Staat eben.«

»Was meinst du eigentlich mit Staat?« fragt der dicke Felix.

»Das weiß keiner so genau«, gibt Florian zu bedenken.

»Irgendwie die Leute, die alles versorgen, glaube ich. Die entscheiden, was Recht und was Unrecht ist.«

»Und wozu sind sie gut?« fragt der dicke Felix.

»Na ja, immerhin«, bemerkt Janosch, »bauen sie ja Straßen und so etwas. Und U-Bahnen. Ich glaube, ohne die säßen wir hier gar nicht.«

»Aber sind das nicht dieselben Leute, denen wir die ganzen Verschwörungen zu verdanken haben?« fragt Kugli. »Die Leute, die vor uns verbergen, daß es *Aliens* gibt?«

»Ja, ich glaube, das sind dieselben«, entgegnet Florian. »Und sie bringen die Verbrecher ins Gefängnis.«

»Zum Teufel, was machen die denn noch alles?« fragt der dicke Felix. »Das ist ja richtig schlimm. Was sind denn wir in diesem ganzen Komplott?«

»Wir sind die Menschen«, antwortet der dünne Felix.

»Was sind denn dann die anderen, wenn wir die Menschen sind?« fragt Kugli.

Der dünne Felix überlegt. Seine Augen rollen. Er preßt die Hände aufeinander. »Die anderen sind die *großen* Menschen«, sagt er schließlich.

»Die *großen* Menschen?« wiederholt Kugli. »Wie in diesen Verschwörungsfilmen?«

»Na ja«, erwidert Janosch. »Ein Film ist ein Film. Die Realität ist dann doch wieder etwas anderes.«

»Trotzdem sind Filme *crazy*«, wirft der dicke Felix ein. »Hat jemand von euch *Pulp Fiction* gesehen?«

»Jeder hat *Pulp Fiction* gesehen«, antwortet Janosch. »So toll war der nun auch wieder nicht.«

»Kennst du einen besseren Film?« fragt Florian.

»*Braveheart*«, entgegnet Janosch. »Der ist gut. Mel Gibson ist *crazy*. Außerdem mag ich Schottland.«

»Warum magst du ausgerechnet Schottland?« frage ich.

»Ich glaube, in Schottland sieht es aus, wie es im Himmel aussehen muß.«

»Warum das?« frage ich.

»Na ja – es gibt viele Pflanzen.«

»Es gibt viele Pflanzen?« wiederhole ich. »Glaubst du denn, im Himmel gibt es viele Pflanzen?«

»Im Himmel gibt es alles«, entgegnet Janosch. »Und in Schottland auch. Dort beschützt das Wetter die Landschaft vor den Menschen.«

»Wieso?« will der dicke Felix wissen.

»Weil es dauernd regnet«, erklärt Janosch.

»Und seit wann fliehst du vor den Menschen?« will der dünne Felix wissen.

»Seitdem es hier zu voll geworden ist«, antwortet Janosch. »Hier ist es einfach zu eng. Manchmal habe ich das Gefühl, ich kann nicht mehr schnaufen. Es ist widerlich, dieses Gefühl. In Schottland habe ich das nicht. In Schottland bin frei.«

»Ich glaube, wir sollten mal zusammen ins Kino gehen«, erwidert der dicke Felix.

»Warum bist du ausgerechnet so scharf aufs Kino?« will Janosch wissen.

»Na ja, das Kino erzählt doch etwas vom Leben, oder?« fragt Kugli.

»Ich glaube, der Weg zum Kino erzählt mehr vom Leben«, antwortet Janosch.

»Wißt ihr, zu welcher Erkenntnis ich nach dieser Diskussion gekommen bin?« frage ich.

»Lebert ist zu einer Erkenntnis gekommen«, sagt Janosch.

»Zu welcher?« fragt der dicke Felix.

»Die Welt ist *crazy*«, erwidere ich.

»Da hast du recht«, entgegnet Janosch. »*Crazy* und schön. Und man sollte jede Sekunde ausnützen.«

Die anderen klopfen mir auf den Rücken.

15

Das Striplokal, über dem Sambraus wohnt, heißt ausgerechnet Leberts Eisen. Die Jungs empfangen mich lachend, als ich mit Sambraus an die Eingangstüre trete. Ich habe mich ein wenig mit ihm unterhalten. Über das Leben. Und seine Zeit. Er würde zu gerne seinen alten Internatskollegen auftreiben, hat er gemeint. Xaver Mils. Er wolle versuchen, ihn später im Telefonbuch zu finden. Wir seien ihm sehr ähnlich. Besonders Janosch. Sambraus sagte, Mils hätte bestimmt große Freude daran, uns kennenzulernen. Außerdem seien sie sich seit etlichen Zeiten schon nicht mehr über den Weg gelaufen. Da wäre es nun mal wieder an der Zeit, hat Sambraus erklärt.

Ich glaube, Sambraus ist ein netter Kerl. Auch Janosch hat das inzwischen eingesehen. Die beiden haben in der Untergrundbahn einige Worte miteinander gewechselt. Kugli hingegen glaubt immer noch, Sambraus sei ein Spinner. Damit hat er wahrscheinlich recht. Aber er ist ein gutmütiger Spinner. Und ich glaube, auch er hat in seinem Leben das ein oder andere hinter sich gebracht. Man sieht es schon an seiner Behausung. Das Striplokal liegt in einer Seitenstraße. Es ist ein altes dreistöckiges Gebäude. Die Wände sind grau und abgeblättert. Über dem ersten Stock hängt ein Neonschild mit besagter Beschriftung: *Leberts Eisen*. Die Schrift ist dreidimensional, die rosafarbenen Buchstaben sind dicht aneinander gedrängt. Daneben erkennt man eine Neonfigur in

Form einer nackten Frau. Sie bewegt Arme und Beine. Im Scheinwerferlicht der Autos glänzen sie.

»Warum hast du uns nicht erzählt, daß du auf die Pornobranche umsteigst?« fragt Janosch und lacht schallend auf.

»Es sollte eine Überraschung werden«, entgegne ich.

»Die ist dir geglückt«, wirft der dicke Felix ein.

»Leberts Eisen, wie? Benjamin – du bist *crazy*!«

Und damit betreten wir das Striplokal. Drinnen herrscht schlechte Luft. Ich kann kaum atmen. Verzweifelt reiße ich meinen Mund auf. Über den Boden fließt weißer Nebel. Die Wände sind rosa. Alle fünfzig Zentimeter ein Abbild von einer nackten Frau. Mit Neonrahmen. Grün. Auf der rechten Seite befindet sich eine vielleicht zwei Meter hohe Bühne. Sie ist schwarz. Jeweils zur linken und rechten Seite gibt es eine Eisenstange. Sie führt von der Decke zum Bühnenboden. Den Hintergrund der Bühne bildet ein roter Vorhang. Darüber hängt eine kleine Anzeigetafel. Ablaufende Sekunden. Von 60 bis 0. Momentan steht sie bei 53. Gegenüber der Bühne liegt die Bar. Ein großer, breiter Mann steht dahinter und verteilt die Getränke. Er hat einen braunen Vollbart und kleine schnelle Augen. Seine Augenbrauen sind dicht und wirr, die Stirn ist faltig. Hinter dem mächtigen Mann sind ziemlich viele Flaschen aufgereiht. Hauptsächlich Whiskey, Wein und andere alkoholische Getränke. An der Bar sitzen fünf Männer. Müde und abgekämpft schauen sie auf die Anzeigetafel. Sie ist inzwischen bei 49 angelangt. Insgesamt sind vielleicht fünfzig Leute hier. Es ist ziemlich eng. Sie sitzen alle auf Barhockern an hohen runden Tischen in der Mitte des Raumes. Die meisten von ihnen haben die Beine übereinander geschlagen.

Verstohlen schauen sie immer wieder auf die Anzeigetafel. 45. Aus den Lautsprechern dröhnt Musik der Siebziger Jahre. Ein zwanzigjähriger DJ legt die Platten auf. Seine Haare sind natürlich wasserstoffblond. Er trägt einen schwarzen Lederanzug. Aus dem Oberteil lugt ab und an ein weißes *Simply Red*-T-Shirt hervor. Sein Gesicht ist glatt und ohne Furchen. Er hat zwei Plattenspieler vor sich. Daneben liegen Plattenhüllen und ein Mikrofon. Der DJ trägt einen schwarzen Kopfhörer. *It's allright* von *Supertramp* erklingt aus den Lautsprechern. Auf der Anzeigetafel leuchtet inzwischen die 42 auf. Der breite Mann an der Bar schaut hoch, als er uns kommen sieht. Sein Blick fällt auf Sambraus. Dann ein Lächeln.

»Sammy! Wen hast du denn da schon wieder angeschleppt?« fragt er.

»Sechs Jungen aus dem Internat Neuseelen«, antwortet Sambraus. »Die sind heute geflohen. Da dachte ich mir doch, ich bringe sie zum lieben Charlie. Damit sie auch mal was zu sehen kriegen. Das hier sind Janosch, Troy, Felix, Florian, noch mal Felix und Benni! Jungs! Ihr lernt den ehrenwerten Charlie Lebert kennen!«

»Charlie Lebert?« fragt Janosch. »Sehr erfreut.« Er lacht schallend auf.

Auf der Anzeigetafel erscheint die 31.

»Jungs! Ihr seid bei mir richtig aufgehoben«, sagt Lebert. »Wir machen heute abend eine richtige Party! Wenn ihr einen Wunsch habt, so sagt es mir nur! Zunächst: Was wollt ihr trinken?«

»Baccardi O für alle«, sagt Janosch.

»Auf meine Rechnung«, ergänzt Sambraus.

»Danke«, wirft Kugli ein. »Ich habe aber noch eine Frage.«

»Frag nur!« erwidert Charlie Lebert. Seine Stimme klingt tief.

»Meinen Sie, es wäre irgendwie möglich, einen Schweinebraten zu bekommen?« fragt Felix.

»Einen Schweinebraten?« wiederholt Lebert. »Du bist hier in einem Striplokal.«

»Ich weiß schon«, antwortet Felix. »Aber vielleicht hätten Sie doch einen. Ich habe nämlich … ziemlichen Hunger!«

»Na gut – ich schaue einmal, was sich machen läßt. Hier sind erst einmal eure Baccardis.«

Er stellt sie auf den Tresen. Lange, rote Gläser mit Strohhalm und schwimmender Zitrone. Die Jungs hauen das Getränk so schnell wie möglich weg. Sambraus zahlt. Ich lasse mir Zeit.

Eine halbnackte Dame tritt an uns heran. Sie trägt einen blauweißen Slip mit roten Glitzerstreifen. Ihr Oberteil bedeckt gerade einmal die Brustwarzen. Es ist ein blauer Fellüberzug. In ihren langen braunen Haaren flimmern rote Konfettis. Ihr zartes Gesicht ist eindrucksvoll geschminkt.

»Sammy! Was sind denn das für süße Kerle an deiner Seite?« fragt sie.

Die Anzeigetafel zeigt nun die 22.

»Ach, Laura!« entgegnet Sambraus. »Schön, dich mal wiederzusehen! Das sind Internatsschüler. Sie fliehen. Ich habe sie mit hergebracht.«

»Es sind wirklich hübsche Kerle«, sagt Laura. »Besonders der da!«

Sie deutet auf mich. Mit ihren großen Brüsten kommt sie auf mich zugewackelt. Streicht mir über die Haare.

»In zwei Jahren wirst du ein richtig schöner Mann sein, weißt du das?«

Ihre Stimme klingt weich. Ich schaue in ihren Ausschnitt. Die Jungs sind begeistert. Sie machen große Augen. Der Baccardi gibt ihnen wahrscheinlich Mut. Janosch legt den Arm um Lauras Taille.

»Sie stehen doch auch irgendwann auf dieser Bühne, oder?« fragt er erwartungsvoll.

»Ja, das werde ich«, antwortet sie. »Gleich nach Angélique. Ich tanze nur für euch. Für euch Süßen!«

Janoschs Ohren werden dunkelrot. Er blickt auf den Boden.

»Laura! Verdirb mir nicht meine Jungs!« sagt Lebert und lacht.

»Das werde ich nicht«, antwortet sie. »Ich muß nun sowieso los. Also macht's gut! Viel Spaß noch, ihr Süßen! Und kommt nicht zu nah an Sammy heran! Er ist ein Tiger!«

Sie lacht und verschwindet in der Menschenmenge. Ihr Slip ist hinten fast nicht vorhanden. Man sieht ihren Hintern. Ich möchte in diesem Hintern versinken. Den Jungs geht es da nicht anders. Allesamt gaffen wir ihr nach. Sambraus und Lebert lachen. Der Hintern ist ein wenig gebräunt. Nach oben gerichtet. Die Arschbacken kleben fast aneinander. Es sieht sexy aus. Auf der Anzeigetafel erscheint eine große 10. Sie ist größer als die anderen Zahlen. Janosch reißt die Arme in die Höhe.

»Es geht endlich los!« schreit er. »Gott, ich danke dir für mein Leben!« Er bestellt noch eine Runde Baccardi. Lebert fragt nicht nach unserem Alter. Und überhaupt lächelt er nur. Wahrscheinlich hat er einfach einen guten Tag. Er schenkt den Baccardi nach. Ich muß mein noch stehengelassenes Glas schnell hinunterstürzen. Das bekommt mir nicht so gut. Alles dreht sich. Ich keuche. Die anderen haben ihr zweites Glas schon weg. Eigentlich will ich meines noch aufheben. Aber der dicke Felix stürzt es mir in den Rachen hinein. Alles in mir wird warm. Ich spüre das Pochen meines Herzens. Fühlt sich wie ein Schlaghammer an. Ich niese. Muß an Laura denken. Und meine Mutter. Hoffentlich geht es ihr gut. Und hoffentlich macht sie sich nicht allzu viele Sorgen. Eigentlich könnte ich jetzt zu ihr fahren. Aber ich tue es nicht. Es würde sowieso nichts bringen. Auf einmal wird es dunkel. Auf der Anzeigetafel erscheint eine große 1. Ich schwanke vor und zurück. Janosch schreit einmal laut auf. Mindestens vier Arme werden um mich gelegt. Ich taumle mit dem Gewicht von mindestens sechs Personen auf die Bühne zu. Der dicke Felix schüttet mir noch etwas in den Rachen. Es schmeckt nach Bier. Hat aber einen Nachgeschmack. Aus den Lautsprechern ertönt die helle Stimme des DJs. Sie wird mir in den Kopf gehämmert. *Für euch heute zum fünften Mal Angélique! The way you make me feel* von *Michael Jackson* brodelt unter meinen Füßen heran. Die Jungs schreien. Ich werde in die Luft gerissen. Stolpere. Ich sehe Janoschs Gesicht:

»Lebert! Diesen Abend werd' ich nicht vergessen. Das sage ich dir! Und mit ihm – deinen Namen.«

Er fährt mit der Hand durch meinen Schopf. Lächelt. Nie zuvor habe ich Janosch so lächeln gesehen. Und nie wieder werde ich ihn so lächeln sehen. Troy. Auf sein Gesicht ist die Freude genagelt. Mit großen, breiten Reißnägeln. Und auch der dicke Felix lacht. Er springt hoch in die Luft. Reißt mich mit. Er kann Angélique nicht erwarten. Ein Schenkel wird beleuchtet. Dann der andere. Schließlich die ganze Frau. Angélique. Sie trägt einen schwarzen Herrenanzug. Ihre Hüften kreisen. Das Haar ist schwarz. Es geht bis zum Hals. Ihr Gesicht ist zart und rein. Kleine, braune Augen schimmern daraus hervor. Mit viel Glück ist sie 1,60 m groß. Sie steht auf hohen Absätzen. Schwarze Wildlederschuhe. Sie schmiegt ihr rechtes Bein um eine der Eisenstangen. Öffnet ihre Hose. Angélique rutscht die Stange herunter. Aus dem Publikum ertönen grelle Schreie. Auch Janosch schreit. Er fährt sich mit den Händen durch das Haar. Packt Felix am Rücken. Wir springen in die Höhe. Angélique trägt unter der Hose einen schwarzen Slip. Sie schleckt ihren Finger ab und läßt ihn hineinfahren. Spielt ein wenig. Ihre braunen Augen verdrehen sich. Ich bekomme einen Ständer. Er preßt sich gegen meine Jeans.

Ich fühle mich großartig. Alles dreht sich. Alles ist mir egal. Die vollbusige Freundin meines Vaters. Die Angst meiner Mutter. Die Liebe meiner Schwester. Ich will nur noch zu Angélique auf die Bühne. Ihr den Arsch ausschlecken. Janosch drückt mir einen Zehnmarkschein in die Hand.

»Wetten, daß du dich nicht traust, nach oben auf die Bühne zu gehen, um ihn ihr in den Slip zu stecken?«

»Und ob ich mich traue«, erwidere ich.

»Zusammen?« fragt Janosch.

»Zusammen«, bestätige ich.

Wir drängen uns durch die Reihen. Ich sehe inzwischen schon alles dreifach. Janosch stützt mich. Wir zittern. Vor der Bühne bleiben wir stehen. Angélique hat ihr Jakkett abgeworfen. Sie trägt nur noch ein getigertes Bikini-Oberteil. Ihre Haut glänzt. Mir kommt es fast. Ich spüre den Boden unter mir nicht mehr. Janosch umklammert meine Schulter. Er versucht, mit Angélique Blickkontakt aufzunehmen. Mein Kopf glüht. Das Bikini-Oberteil fällt auf den Boden. Ich sehe Angéliques Titten. Am liebsten möchte ich sterben. Sie sind wie zwei Pfirsiche. Rund und schön. Die Brustwarzen sind dunkelrot. Das Publikum grölt. Florian und die anderen kommen nach vorne gelaufen. Der dicke Felix stürzt mir etwas in den Rachen hinein. Es schmeckt nach Anis. Das Gebräu brennt in meinem Hals. Florian und Troy schubsen mich auf die Bühne. Janosch kommt hintendrein geflogen. Das Publikum lacht. Die zehn Mark zittern in meiner Hand. Ich sitze nun auf den Knien. Angéliques Bauchnabel bewegt sich vor mir. Ich sehe ihre schweißige Haut. Rieche sie fast. Angélique legt meine Hände um ihre Hüften. Sie versinken darin. Ihre Titten scheinen sich nach rechts und links auszuweiten. Meine Stirn stößt gegen ihren Bauch. Hinten im Publikum ist ein zorniger, alter Mann aufgestanden.

»Wem gehören diese Kinder?« fragt er. »Wischt sie von der Bühne herunter!«

Sambraus hebt seine Hand. »Sie gehören zu mir.«

Der zornige Mann schweigt. Verdrossen setzt er sich auf seinen Barhocker zurück.

»Nun mach schon!« sagt Janosch. Seine Stimme zittert. Wild schüttelt er den Kopf. Dreht ihn nach hinten. Seine Hand streicht über den Boden. »Wir schaffen das.«

Langsam richtet er sich auf. Ich fahre mit der Hand um Angéliques Bauchnabel herum. Der Zehnmarkschein macht jede Bewegung mit. Nach und nach fahre ich tiefer. Stecke meinen kleinen Finger in ihren Slip. Ziehe ihn ein wenig von der Haut ab. Janosch atmet tief ein. Ich zerre den Slip ganz weit nach unten und werfe das Geld hinein. Für einen Augenblick belasse ich es bei dieser

Stellung. Ich betrachte Angéliques Fotze. Ich sehe sie nur verschwommen. Ihre Schamhaare sind schwarz. Zu einem Pfeil rasiert. Janosch beugt sich über mich. Auch er wirft einen Blick in den Slip hinein. Ich entferne meinen kleinen Finger. Lasse den Slip zurückfahren. Rasch klatscht er auf ihrer Haut auf. Ich rutsche von der Bühne herunter. Mir ist schlecht.

Die Musik explodiert in meinen Ohren. Tausend Leute drängen sich an die Bühne heran. Ich sehe sie noch als Schattenfiguren. Sehe Janosch, wie er von der Bühne herunterfällt. Er lacht dabei schallend. In einer Ecke sitzt Troy. Vor ihm steht ein Weißbierglas. Er betrachtet Angélique, die gerade ihren Slip in das Publikum wirft. In der gleichen Ecke sitzt der dicke Felix. Vor ihm steht ein riesiger Schweinebraten. Er grinst über beide Ohren.

»Was will man mehr?« fragt er »Schöne Frauen und gutes Essen. Ich glaube, ich bin im Paradies.«

Er stopft sich eine Gabel voll mit Schweinefleisch in den Mund. Troy lacht.

»Ihr wißt schon, daß ihr die Besten seid, oder?« frage ich.

»Die Besten, die ich je hatte.«

»Ja, ja«, erwidert Kugli. »Das wissen wir. Du bist betrunken.«

»Vielleicht bin ich das«, entgegne ich. »Aber ihr wißt, daß ihr die Besten seid. Die Besten, die ich je hatte.«

»Ja – und du bist auch der Beste, den wir je hatten«, sagt Kugli genervt. »Das wissen wir!«

»Du bist sogar der Allerbeste«, wirft Troy ein. Er lacht wieder.

»Wir sind alle die Besten«, erwidere ich. »Helden. *Crazy.*«

Janosch kommt zu uns gestolpert.

Vor einem kleinen Kartentelefon in der Ecke steht Sambraus. Sein Mund ist weit aufgerissen. Die Augen sind leer. Und weit entfernt.

*

Ich weiß, daß ich nichts weiß. Ich öffne die Augen. Der Rücksitz, auf dem ich mich befinde, ist aus braunem Leder. Auf der Rückseite des Vordersitzes ist das *Alfa Romeo*-Zeichen angebracht. Auch auf dem Lenkrad sehe ich es. Es ist schwarz. Charlie Lebert fährt müde mit der Hand darüber. Wir fahren über eine Kreuzung. Sambraus sitzt neben Lebert. Er deutet mit dem Finger in verschiedene Richtungen. Ich teile den Rücksitz mit den Jungs. Fast alle schlafen. Nur Kugli und der dünne Felix sind wach. Sie pressen ihre Gesichter an die Fenster. Es ist ziemlich eng hier. Die Rückbank ist nur für vier Personen gedacht. Troy und Janosch sitzen aufeinander. Beide schlafen. Janosch hat den Mund geöffnet. Ab und an blitzt seine hellrote Zunge daraus hervor. Florian hat sich gegen seine Schulter gedrückt. Ich gähne. Mein Kopf schmerzt. Draußen blendet die Sonne. Ich schaue auf die Uhr. Es ist 10:09 Uhr.

»Wohin fahren wir?« frage ich.

»Zum Friedhof«, antwortet Sambraus. »Mein Internatskollege Xaver Mils liegt dort. Er ist gestorben, habe ich gestern erfahren.«

Sambraus schluckt.

»Und wie komme ich hier ins Auto?« frage ich.

»Lebert hat dich getragen«, antwortet er. »Du warst nicht wach zu kriegen. Bei den anderen hat es geklappt. Nur bei dir nicht. So mußten wir dich ins Auto tragen. Schließlich fahren wir danach gleich nach Neuseelen zurück.«

166

»Gleich nach Neuseelen zurück?« wiederhole ich gereizt.

»Ja«, entgegnet Sambraus. »Wir erzählen denen, wir hätten euch aufgelesen.«

»Wo aufgelesen?« frage ich verstört.

»Na, im Dorf«, entgegnet Sambraus. »Ihr wäret einfach runtergelaufen oder so. Hättet die Zeit vergessen. Und nach 23 Uhr kann man eben nicht mehr ins Internat zurück. Da sind die Tore schon verschlossen.«

»Meinen Sie, die glauben uns das? Und was ist mit telefonieren?« Ich deute mit der rechten Hand einen Telefonhörer an.

»Die glauben euch sicher. Es hätte einfach kein Telefon gegeben oder so. Außerdem wäre es schon spät gewesen.«

»Ob das wohl klappt?« möchte ich wissen.

»Das klappt«, erwidert Lebert. »Ihr entschuldigt euch für die Aufregung, die ihr verbreitet habt – und dann geht das! Es war ja nur eine Nacht!«

Und damit biegt er in eine Seitenstraße ein.

Ich fahre mir durchs Haar. Mein Kopf schmerzt. Beim Gedanken, nach Neuseelen zurückzukehren, wird mir übel. Ich beuge mich zur Seite.

»Hast wohl letzte Nacht ganz schön gebechert!« sagt Lebert. Er dreht sich zu mir um. »Bei Angélique warst du ziemlich in Fahrt, glaube ich. Dafür hast du wohl Laura nicht mehr mitbekommen. Dabei hat sie sich so ins Zeug gelegt. Na ja – wenigstens hatten die anderen etwas von ihr!« Er deutet auf die Jungs.

»Wie geht es deinem Kopf?« fragt er dann.

»Ist in Ordnung«, antworte ich. Ich lüge. Knete meine Hände.

Der dicke Felix wendet sich zu mir um. Seine Augen se-

167

hen glasig aus. Die Backen sind rot. Sein Haar ist durcheinander.

»Es tut mir leid«, sagt er. Dabei streckt er die Arme vor. »Ich glaube, ich muß wieder etwas fragen. Ich frage ziemlich oft etwas. Ich weiß.«

»Mach dir da mal keine Sorgen«, antworte ich. »Man muß Fragen stellen. Sonst würde man vieles nicht verstehen. Aber ich weiß nicht, ob ich sie dir beantworten kann. Denn manchmal sind es die Antworten selbst, die man nicht versteht.«

»Was war das Ganze?« fragt der dicke Felix. »Unser Ausbruch aus dem Internat? Die Flucht? Die Fahrt mit dem Bus? Dem Zug? Der Untergrundbahn? Das Striplokal? Für was war das Ganze? Für was war es gut? Wie könnte man es bezeichnen? Als Leben?«

Ich überlege. Für meinen geschundenen Kopf ist das alles ein wenig zuviel. Tief atme ich ein. Öffne den Mund: »Ich glaube, man könnte es als eine Geschichte bezeichnen«, antworte ich. »Eine Geschichte, die das Leben schreibt.«

Ich presse die Lippen aufeinander. Schweiß rinnt mir über die Stirn. Kuglis Augen werden groß. Er fährt mit der Hand darüber.

»War es denn eine gute Geschichte?« fragt er. »Von was handelte sie? Von Freundschaft? Von Abenteuern?«

»Sie handelte von uns«, erwidere ich. »Es war eine Internatsgeschichte. Unsere Internatsgeschichte.«

»Gibt es im Leben viele Geschichten?« fragt der dicke Felix.

»Sehr viele«, entgegne ich. »Es gibt Geschichten der Freude und der Trauer. Und es gibt andere Geschichten. Und jede Geschichte ist verschieden.«

»Und wo sind unsere Internatsgeschichten einzuordnen?« fragt Kugli.

»Nirgendwo«, antworte ich. »So wie eigentlich keine Geschichte irgendwo einzuordnen ist. Sie liegen alle an unterschiedlichen Stellen.«

»Und wo bitte liegen sie?« erwidert der dicke Felix.

»Ich glaube, auf dem Weg des Lebens«, antworte ich.

»Liegt unsere Mädchengeschichte von vor vier Monaten auch auf dem Weg des Lebens?« fragt Kugli.

»Ja«, antworte ich.

»Und wo befinden wir uns gerade?« möchte er wissen.

»Auf dem Weg des Lebens«, gebe ich zur Antwort.

»Und wir bilden und finden – neue Geschichten.«

Der dicke Felix preßt seinen Kopf wieder an die Fensterscheibe. Seine Augen suchen nach etwas.

*

Der Friedhof ist klein. Das Grab ebenfalls. Fast gar nichts wurde hier angepflanzt. Der Grabstein ist grau und viereckig. Die Schrift darauf alt. So, als stamme sie aus dem letzten Jahrhundert. Xaver Mils muß ein sehr armer Mann gewesen sein. Seine Initialen werden von einem weißen Jesukindlein bewacht. Streng schaut es zu uns herauf. Sambraus hat sich vor dem Grab niedergehockt. Er legt einen Strauß weißer Rosen darauf. Lebert steht neben ihm. Die Jungs und ich halten uns im Hintergrund. Janosch stößt als letzter zu uns. Er grübelt vor sich hin. Sein Haar ist zerzaust. Janosch gähnt. Er stellt sich neben uns auf.

»Alter, ich komme zu spät!« sagt Sambraus an den Grabstein gewandt. »Ich weiß. Aber jetzt bin ich hier. Ich habe ein paar Internatsschüler mitgebracht. Die neue Generation. Du wärest stolz auf sie! Und meinen alten Freund Charlie. Ihr würdet bestimmt gut zueinander passen, glaube ich. Er ist wirklich in Ordnung …«

In diesem Augenblick tippt mich der dicke Felix an. Seine müden Augen schauen zu mir auf.

»Endet so jede Geschichte?« fragt er.

»Ja, ich glaube, so endet jede Geschichte«, antworte ich. »Aber wer weiß. Vielleicht fängt auch so eine neue Geschichte an. Das können wir nicht entscheiden. Alles, was wir können, ist zu schauen. Zu warten und zu schauen. Was auf uns zukommt. Und vielleicht beginnt somit wieder eine Geschichte.«

16

Wie kann man das Leben im Internat beschreiben? Das ist ganz schön schwierig, finde ich. Es ist eben auch nur ein Leben. So, wie es viele Leben gibt auf dieser großen Welt. Ich weiß nur, daß man das Internat nicht vergißt. In keinem Augenblick. Ob das nun gut sein mag oder nicht, das sollen andere entscheiden. Alles, was ich für meinen Teil dazu sagen kann, ist, daß man auf die Gemeinsamkeit angewiesen ist. Die ewige Gemeinsamkeit. Gemeinsam leben. Gemeinsam essen. Sich gemeinsam einen runterholen. Ich spreche aus Erfahrung. Sogar weinen muß man gemeinsam. Tut man das nämlich alleine, kommt sofort jemand herein, der das mit dir zusammen macht. Ich glaube, das muß so sein. Manchmal möchte man sterben. Und manchmal fühlt man eine doppelte Portion Leben in sich. Wie kann man das Leben im Internat beschreiben? Alles geht vorbei. Das weiß ich jetzt.

*

Das Gepäck steht vor dem Bett. Janosch hat mir beim Packen geholfen. Drei Koffer und eine Tasche. Nun stehen sie schön in einer Reihe. Fertig zur Abfahrt. Ich schlucke. Es sieht hier plötzlich ziemlich leer aus. Die Wände sind kahl. Auf den Schreibtischen liegt nichts mehr. Ein seltsames Gefühl durchdringt meinen Körper. Ich lege die rechte Hand auf meine schweißige Stirn.

In Mathe ist es also wieder einmal ein Sechser geworden. Dazu kam noch ein Fünfer in Deutsch. Das genügt. Ich falle durch. Muß das Internat verlassen. Meinen Eltern haben sie zum Abschluß einen gesalzenen Brief geschrieben:

Ihr Sohn ist leider unfähig. Außerdem bereitete er viel Ärger und wurde oft zu später Stunde im Mädchengang gesehen.

Mein Vater kommt in zehn Minuten, um mich abzuholen. Solange habe ich noch Zeit, um mich von Janosch und den Jungs zu verabschieden. Sie können erst morgen in die Sommerferien fahren. Wie alle hier. Mein Vater hat darauf bestanden, mich schon heute abzuholen. Einen Tag vor Schuljahresende. Das haben sie ihm durchgehen lassen. Wahrscheinlich können sie mich nicht schnell genug loswerden. Ich kann es ihnen nicht verübeln. Der dicke Felix fragt mich, wie meine Zukunft aussehe. Er legt seinen Arm um meine Schulter. Ich lächle. Meine Zukunft sieht ziemlich rosig aus, glaube ich. Ich soll bei meinem Vater wohnen. Er ist inzwischen von zu Hause ausgezogen. Hat eine kleine Dreizimmerwohnung gemietet. An der Schwabinger Grenze zum Stadtteil Milbertshofen. Da soll es viele Jugendliche geben, hat er gemeint. Genau das Richtige für mich. Ich freue mich schon. Ich muß an Matthias Bochow denken. Demnächst soll ich auf eine Art Sonderschule gehen. In Neuperlach. Die Mathematik sei dort sehr eingeschränkt, hat meine Mutter gemeint. Aber ehrlich gesagt, will ich dort nicht hingehen. Ich möchte nicht immer der Neue sein. Der Neue mit dem Brief unterm Arm. Gott sei Dank ist es kein Internat. Am Nachmittag kann ich nach Hause gehen. Weinen. Lachen. Glücklich sein. Bald werde ich siebzehn. Da soll sich im Leben ja gnadenlos was ändern, habe ich gehört. Und bei mir wird es das wahrscheinlich auch tun. Meine Krankengymnastin hat gesagt, sie sehe eine radikale Verschlechterung. Was meinen Halbseitenspasmus betrifft. Meine linke Hand ziehe sich immer mehr nach innen. Und mein Fuß ebenfalls. Irgendwann würde ich vielleicht nicht mehr laufen können, hat sie gemeint. Es sei so und so ein Wunder, daß ich es jemals gelernt habe. Aber immerhin lebe ich ja noch. Und solange ich das tue, geht es irgendwie weiter, glaube ich. Das hat zumindest wieder einer von diesen Philosophen gesagt. Aber vielleicht stimmt es. Beim letzten Heimfahrwochenende habe ich ein Mädchen kennengelernt. Vielleicht war das ein Anfang. Aber ich weiß es nicht. Eigentlich fände sie mich ziemlich seltsam, hat sie gemeint. Als ich ihr erzählte, daß das viele Mädchen zu mir sagen, fand sie das erst recht seltsam. Ich weiß nicht, ob es etwas wird. Wenn Sie möchten, können Sie mich ja einmal besuchen. In Schwabing. Nach dem ganzen Zeug müßten Sie mich eigentlich ziemlich gut kennen. Sie finden mich bestimmt leicht. Ich bin der Junge, der sein linkes Bein verdächtig nachzieht. In Menschenmassen bin ich fast nie. Und wenn, dann immer ganz hinten. Am Schwanz. Außer ich befinde mich mit meinem Vater auf dem *Rolling-Stones*-Konzert. Da bin ich ganz vorne. Bei der Bühne. Mein Vater hat immer Angst, daß er nichts mitbekommt. Aber die *Stones* gehen in der nächsten Zeit sowieso nicht auf Tour. Meine Haare sind seit dem Neuseeler Abschlußball wasserstoffblond gefärbt. Das habe ich zusammen mit den Jungs gemacht. Wir sehen nun echt lustig aus. Wie Brüder. Janosch findet es *crazy*. Er steht am Fensterbrett. Hat seine Ellenbogen darauf gestützt. Gemächlich wackelt er hin und her. Dreht sich um. Zieht die Stirn kraus.

»Versprichst du mir, auf dich aufzupassen?« sagt er.

»Schau mich an!« erwidere ich. »Sehe ich so aus, als würde ich nicht auf mich aufpassen?«

Janosch lacht. Er kommt drei Schritte auf mich zugelaufen. Drückt meinen Körper an sich.

»Besuch uns mal, ja!« sagt er.

»Immer doch«, entgegne ich. Ich hole die Reisetasche. Laufe zu den beiden Felixen hinüber. Presse mich an sie.

»Seid vorsichtig, Jungs«, bemerke ich. Die beiden Felixe blicken mich an.

»Mach es gut, alter Junge! Hab Vertrauen in dich!« sagt Kugli. Der dünne Felix nickt und reicht mir die Hand. Ich gehe zu Florian hinüber, den alle nur *Mädchen* nennen. Umarme ihn.

»Wir haben lustige Dinge miteinander erlebt, oder?« frage ich.

»Sehr lustige Dinge«, erwidert er. »Auf Wiedersehen, Benni!« Ich gehe zu Troy. Er bohrt seinen Kopf in meinen Bauch.

»Geh deinen Weg«, sagt er zu mir. Er reicht mir die Hand.

»Auf Wiedersehen, Troy!« entgegne ich.

In der Tür stehen Anna und Malen. Sie fallen mir nacheinander um den Hals. Sie haben mir Abschiedskarten gemalt, die sie mir in die Reisetasche stecken. Marie ist nicht gekommen. Aber das war auch nicht anders zu erwarten. Fünf Minuten später erscheint mein Vater. Schnellen Schrittes kommt er zu uns herein, holt das restliche Gepäck und verläßt das Zimmer gleich wieder. Ich winke den anderen zu und laufe ihm nach. Drehe mich noch einmal um. Durch die offene Tür sehe ich meine Freunde. Hebe meine rechte Hand. Dann laufe ich durch den Hurenflügel hinter meinem Vater her. Er hält mir die Tür zum Treppenhaus auf. Dort läuft uns Internatsleiter Richter über den Weg.

»Schöne Ferien«, brummt er in sich hinein. Marschiert an uns vorbei. In den Landorf-Gang. Wir steigen die Treppe hinab. Es ist eine lange Treppe. Als wir unten sind, stelle ich die Reisetasche auf den Boden. Ich bin erschöpft.

*

*Mit herzlichem Dank für alles
an Kerstin Gleba.*